KB106709

암 투병 새내기 시인의 못다한 사랑이야기

사랑이 힘들었습니다

이경은 유고집

신세림출판사

사랑이 힘들었습니다

암 투병 새내기 시인의 못다한 사랑이야기

책머리에

사랑이 힘들었습니다
사랑은 의무라
사랑은 책임이라
사랑은 희생이라 생각했습니다
사랑은 기쁨이고
환희이며 감사라는 것 말고는
아직도 방법은 모릅니다
사랑할 줄 몰랐기 때문에
사랑을 받을 줄도 몰랐습니다

지난 2012년 초, 제 아내가 암 수술을 받고 석 달쯤 지났을 때 쓴 시의 앞부분입니다. 사랑이 힘들다던 아내는 간에서 암이 발견된 2011년 말부터 2014년 10월까지 투병하는 3년 동안 사랑에 눈을 뜨고 사랑을 깨달으면서 사랑 덩어리로 살았고, 이러한 사실은 아내의 유품을 정리하면서 확인되었습니다. 아내는 성경 말씀 속에서 깨닫고 아름다운 자연을 보면서 느낀 창조주 하나님의 사랑, 그리고 가족과 환우들, 지인들과 함께 나누었던 사랑을 틈틈이 시와 기도문, 카카오 톡, 카카오 스토리 등 곳곳에 남겨 두고, 어느 날 자신은 물론 아무도 예측하지 못한 시간에 홀연히 가족들 곁을 떠나 긴 잠이 들었습니다.

아내는 건강검진에서 암 진단을 받고, 빨리 수술을 받으라는 의사 친구의 자문에 따라 2012년 1월, 간의 40%와 담낭, 담관을 절제하는 수술을 받았습니다. 이상구박사의 뉴스타트와 맺은 인연을 계기로 아내의 면역력을 회복시키는 것만이 살 길이라는 믿음으로 병원에서 권하는 항암치료와 방사선치료를 받지 않고, 환경이 좋은 요양원과 요양병원, 집을 오가며 뉴스타트 방식으로 면역력의 회복에 주력하였습니다. 암환자가 죽는 것은 암세포가 죽이기 때문이 아니고, 암에 대한 두려움과 잘못된 암 치료의 부작용으로 면역력이 약해지기 때문이며, 암은 사랑과 감동으로 낫는다고 생각하고 잘못된 생활습관을 개선하기 위해 열심히 노력하는 한편, 가능한 한 즐겁고 행복하게 살기 위해 노력했습니다. 우리의 노력이 부족했음인지 1년 좀 더 지났을 때 간에서 암세포가 다시 발견되어 간동맥 화학 색전술 치료를 받았지만, 6개월 만에 간과 임파선에서 암은 다시 재발되었습니다. 자연치유를 위해 노력하며 다시 1년쯤 지났을 때 아내에게 암 통증이 찾아와 병원을 찾았습니다. 2014년 10월 병원에서 권하는 간동맥 화학 색전술 치료를 받고, 이틀 뒤에 퇴원할 예정이었던 아내는 갑자기 사랑하는 가족들 곁을 떠났습니다. 안타깝게도 저를 포함한 가족들은 물론 아내 본인도 갑자기 세상을 떠난다는 사실을 전혀 예측할 수 없었기에 마지막이라면 서로 나누었어야 할 이야기를 한 마디도 나누지 못한 채 말입니다.

간동맥 화학 색전술은 혈관을 통하여 관을 삽입한 다음 암세포 주위의 간동맥에 항암제를 투여하고 혈관을 막아주는 간단한 시술로 한 시간 반이면 끝나며, 회복도 빠르기 때문에 시술 후 이삼일 뒤에 퇴원하는 것이 보통입니다. 시술 후 재발이 잘되기 때문에 좋은 치료방법은 아니지만, 시술의 부작용으로 환자가 며칠 만에 죽는 경우는 별로 들어본 적이 없습니다. 아내는 시술 후유증으로 몸에서 열이 나서 해열제를 먹으며 퇴원을 하루 늦추었는데, 그날 밤 몸 안의 여러 장기가 순식간에 망가져 다음 날 아침에 의식을 잃고 심장이 멈추면서 영원히 돌아오지 못할 곳으로 갔습니다. 중환자실에서 온갖 비상조치를 취해 보았지만 의식도 회복되지 않은 채 각종 의료장비에 의존하는 고통스러운 생명연장도 겨우 하루를 넘기는 것이 고작이었습니다.

색전술 치료를 받기 전에는 몸에 통증은 있었지만 생명이 위험한 상황이 아니었기 때문에 치료받으러 병원에 갔다가 생명을 단축시킨 결과를 가져왔고, 이 믿기 어려운 현실이 저는 물론 가족들을 몹시 고통스럽게 했습니다. 주변에서는 여러 사람들이 병원을 상대로 소송할 것을 권했습니다. 내가 평소에 아내에게 좀 더 잘 했더라면 아프지 않았을 것이고, 아픈 뒤에도 투병과정에서 내가 좀 더 잘 했더라면 잘 치유되고 이런 황당한 일은 일어나지 않았을 거라는 생각이 저를 몹시 힘들게 했습니다.

아내는 새내기 시인입니다. 시 쓰는 사람들을 만나 함께 공부하며 쓴 50여 편을 남긴 것이 전부이기 때문에 시인이라는 표현도 낯설고 어색합니다. 저와 25년을 함께 사는 동안 시 쓰는 모습을 별로 보여 주지 않던 아내가 나이 50이 되어 직장인 학교에서 시모임에 참여한 것이 계기가 되어 시를 공부하기 시작했습니다. 시를 쓰면서 살면 좋겠다고 생각한 저는 말로는 격려를 하였지만, 아내의 시에 깊은 관심을 가지지는 않았습니다. 아내는 시모임 활동을 하면서 조금씩 시인이 되어 가고 있었던 것 같습니다. 간과 임파선에 암을 앓던 아내가 여수요양병원에 머무르던 2014년 초 어느 날, 시모임에서 공동으로 발간한 동인집 "숨"이 인쇄되어 집에 배달되었습니다. 아내의 마음이 고스란히 담긴 시 열 편이 실린 시집을 받아보고, 기쁜 마음에 바로 축하전화를 하고, 아내의 시들을 사진으로 찍어 카카오 톡으로 아내에게 보냈습니다. 아내의 투병에도 큰 도움이 될 것을 기대하면서 마음은 기뻤습니다만, 시심이 잠자고 있던 저는 안타깝게도 아내가 쓴 시의 내용으로부터 큰 감동을 받지는 못했습니다. 다만, 아내가 어머니의 사랑을 주제로 쓴 시「내 어머니」를 읽을 때는 장모님의 딸 사랑과 아내의 엄마사랑에 마음이 찡했습니다. 며칠 뒤 시집을 받으신 장모님은 시집을 가슴에 안고 아픈 딸을 생각하시며 한참동안 눈물을 흘리셨습니다. 감정이 메마른 제가 밉게 보이는 순간이었습니다. 그런 아내가 늦깎이로 배운 시를 한 편, 두 편 행복하게 써 가며 이제 겨우 걸음마를 배웠는데, 아내는 이제 더 이상 시를 쓸 수 없게 되었습니다.

얼떨결에 장례를 치루고 난 저는 아내가 이렇게 갑자기 세상을 떠날 것을 미리 알았더라면 가족과 지인들에게 하고 싶었던 이야기가 무엇일까를 심각하게 고민하면서 아내가 남긴 온갖 기록들을 찾아보았습니다. 아내의 기록이 가장 많이 남아 있는 곳은 열 권에 이르는 노트였습니다. 3년 투병기간 동안 틈틈이 성경말씀과 기도문을 많이 기록해 두었고, 가끔 시를 써 둔 것이 기도문 사이사이에 적혀 있었는데, 모두 정리하고 보니 A4용지로 150페이지에 이르는 분량이었습니다. 전화기를 바꾼 지 겨우 열이틀 만에 병원에 입원하였고, 옛 스마트폰은 회사에 반납했기 때문에 안타깝게도 스마트폰에서는 전화번호와 사진을 제외하고는 제한적인 정보밖에 없었습니다. 통화내용 녹음 일부와 메모 세 컷이 남아 있었고, 그 많던 그룹 카카오 톡은 물론 문자 메시지도 별로 남아있지 않았습니다. 카카오스토리와 밴드의 정보가 살아있는 것이 그나마 다행이었습니다. 컴퓨터와 넷 북, USB에서도 일부 기록이 발견되었습니다.

저는 아내가 남긴 기록들을 복잡한 퍼즐을 맞추어 가듯 정리하면서 아내가 암 투병과정에서 다양한 방법으로 창조주 하나님의 큰 사랑을 만나는 기쁨을 누리고 있었음을 확인할 수 있었습니다. 아내는 창조주가 피조물인 우리에게 아무런 조건 없이 주는 무한한 사랑을 성경이나 아름다운 자연을 통해서 깨달으며 감사하는 삶을 살았으며, 질병으로 고통을 받고 있는 환우들이나 지인들, 가족들과도 사랑을 마음껏 나누었던 것입니다. 아내의 기도문은 창조주 하나님이 주시는 사랑에 감사하는 내용과 그 사랑을 제대로 받아들이지 못하는 데 대하여 회개하는 내용이 주를 이루고 있으며, 본인과 가족들은 물론 주변의 환우와 지인들이 그 사랑을 잘 받아들여 몸과 마음이 건강하게 치유되어 행복한 삶을 살아가기를 바라는 소망을 담고 있었습니다. 아내의 사랑과 함께 한 삶은 기도문 이외에도 아내가 남긴 수많은 사진이나 여러 SNS로도 확인이 되었습니다. 아내가 남긴 기록들은 한 마디로 창조주 하나님과 환우 · 지인 · 가족들에 대한 아내의 사랑이야기였던 것입니다. 아내가 암 투병기간 동안 비교적 좋은 컨디션을 유지할 수 있었던 것도 창조주 하나님의 사랑 안에서 행복하고 은혜로운 삶을 산 덕분이라고 생각하고 지금도 감사하고 있습니다.

아내가 투병하는 동안 남긴 기록들은 누군가에게 전달하기 위해 남긴 것은 아니지만, 아내의 사랑이야기라는 것을 확인하고 나서 지인들에게 전달하는 것이 아내의 뜻에 반하는 것은 아닐 것이고, 아내가 지금 살아 있다면 어쩌면 흔쾌히 동의할 수도 있으며, 나아가 기뻐할 수도 있겠다는 생각이 들었습니다. 이러한 이유로 저는 기쁜 마음으로 아내가 남긴 3년간의 기록들을 제 아내가 깨달은 창조주 하나님의 사랑이라는 시각으로 편집하여 정리하였습니다. 아내가 투병하는 동안 그리고 장례 끝나고 만난 많은 분들에게서 아내의 사랑을 확인한 저는 아내를 기억하는 분들에게 그 사랑을 전달하는 것이 제 아내의 못 이룬 꿈을 조금이나마 실현시키는 것이며, 아내도 기뻐할 것이라는 믿음으로 이 책을 발간하게 되었습니다.

아내의 사랑이야기를 마무리하면서 아내가 투병하는 동안 창조주의 사랑을 깨닫는 데에 많은 도움을 주시고 사랑을 주신 이상구 박사님, 박상길 목사님, 이루다씨를 비롯한 많은 분들과 사랑을 함께 나눈 환우들에게 깊이 감사드리고, 아내의 사랑이야기가 타산지석이 되어 아내가 간절히 기도하였듯이 아직도 질병과 싸우고 있는 모든 분들의 빠른 치유를 간절히 기원합니다.

아울러 이 책이 나오기까지 열과 성의를 아끼지 않으신 신세림출판사의 이시환 시인과 이혜숙대표, 그리고 엄은미 님께 깊은 감사를 드립니다.

2015년 12월

이경은의 남편 김 재 호

차례

사랑이 힘들었습니다

마음은 그것이 아닌데 실컷 사랑하고 싶은데
애써 감추며 간구합니다

사랑이 힘들었습니다

사랑이 힘들었습니다
사랑은 의무라
사랑은 책임이라
사랑은 희생이라 생각했습니다
사랑은 기쁨이고
환희이며 감사라는 것 말고는
아직도 방법은 모릅니다
사랑할 줄 몰랐기 때문에
사랑을 받을 줄도 몰랐습니다

오늘 깨달았습니다
주님은
저에게 무수히 사랑을 퍼붓고 계셨는데
알지 못해서
하나님의 사랑도 받아들이지 못했습니다

하늘에서 사랑의 비가 쏟아집니다
주체할 수 없어

두 팔을 벌리고 춤을 춥니다
사랑의 비가
나를 적시고
흠씬흠씬 넘쳐나게 하소서

마음은 그것이 아닌데
실컷 사랑하고 싶은데

애써 감추며
간구합니다

번데기 앞에서 주름잡았죠
다 아시는데
저는 진짜 바보였습니다

2012년 이야기

전지전능하신 그분이 지금 나를 향해 팔을 벌리고 있다
그분이 공급하고 있는 생기가 나를 소생시킬 수 있다

2012년 암과 맺은 인연

1월 16일(월)

병원에 입원하였다. 처음 입원하기 위해 나올 때의 막막함이 많이 사라졌다. ♡♡가 옆에서 위로하는 폼이 보통이 아니다. ♡♡의 목소리에 힘을 얻는다. 친구야 고맙다.

난 이제 걱정과 근심은 머리에서 지우기로 했다. 수술과정 하나하나를 충실히 이겨내리라.

하나님, 나의 주여!
당신께 모든 것 맡기고 저는 쉬겠습니다. 이런 편안한 마음 주시니 감사합니다.

식구들이 나 모르게 흘린 눈물과 안타까움을 생각하니 마음이 아프다. 정말 난 괜찮으니까 모두들 힘내서 어두운 마음 없이 밝은 마음으로 각자의 일들 열심히 하길 바란다.

주님,
그들의 위로자가 되어 주시고 함께하여 주십시오.

1월 17일(화)

병원 창밖으로 아침 출근차들이 바쁘게 오고 간다. 나도 한 때는 저 많은 차들의 한 대였겠지. 아무 생각 없이 목적지를 향해 가속페달을 밟으며 달리다 과거의 나를 바라본다.

주안에 있는 나에게 딴 근심 있으랴. 십자가 밑에 나아가 내 짐을 풀었네.
주님을 찬양하면서 할렐루야 할렐루야 내 앞길 멀고 험해도 나 주님만 따라가리.

2월 어느 날

암과 함께 살아가기

나에게는
말 꺼내기도 싫은 엄연한 것들이 있다
오빠와 남동생이
간암으로 일찍 세상을 떠난 사실이다
꼭꼭 내 마음속 깊은 곳에 넣어놓고
정말 건드리기 싫었다
왜 그랬을까
너무 많이 아파서?
아님 아무짝에도 쓸모없는 자존심?

(동생에게)

미안하다
너의 외로움을 외면하고
너의 고통을 함께 나누지 못해
그저 무섭기만 하고
잊어버리고 싶었단다

수많은 잠 못 이루는 밤이
너에게도 있었겠지
절망하여 몸부림치며
고독과 마주쳐야 했던 그 수많은 날들을
옆에서 구경만 해서 미안하다

(엄마에게)

수술 후 몹시 아팠을 당신의 몸뚱어리를
자식들 걱정할까봐
웃음으로 참아 낸 당신

병원에 누워 있다 보니
당신의 고통이 어떠했을까
가슴이 멍해 옵니다

'엄마, 존경하고 사랑합니다
따뜻한 봄이 오면
당신 손 꼭 붙잡고 걷고 싶습니다'

(아들에게)

세상구경 빨리하고 싶었는지
2.7kg으로 보름이나 일찍 태어나고는
뒤집기도 기기도 걷기도
남들보다 빨리해서
우리를 당혹케 하고
숫자도 글씨도 어느새 깨우치고
큰 병치레 속 썩이는 일 한 번 없이
잘 자라준 아들
이제는 조금 느리게 가도 된단다
그리고
고맙다

당신을 사랑합니다
아픈 아내 살릴 길 없나
밤낮으로
책을 읽고 또 읽고

희망을 붙잡고
신이 나서
용기를 불어 넣어주는
당신의 모습에
힘이 솟습니다

기도하는 내 손위에
따뜻한 손이 겹쳐진다
어느새 딸이 달려와 기도를 보탠다
내가 잘 해낼 수 있을까?

나보다 더 주름진 얼굴로
반갑게 퇴근을 알린다
좋은 음악을 틀어주고
밥 먹으면서도 응원을 아끼지 않는다
밥공기 다 비웠다고 손뼉을 쳐준다

여보, 힘드시죠
이젠 그리 애쓰시지 않으셔도 됩니다

마누라 살려 보겠다고
밤에 잠을 안자며
암 공부 중이신 여보
공부 그만하고 벗겨진 양말이나 신겨주시구려

창밖으로 바라만 보던 곳을
용기 내어 혼자 나가보았다
창밖으로만 바라보던 언덕을
완전무장하고 눈만 빠끔히 내놓고
나가 보았다
바람이

까치가
겨울나무들이 반갑다

전지전능하신 그분이
지금 나를 향해 팔을 벌리고 있다

전지전능하신 그분이 지금 나를 향해 팔을 벌리고 있다
그분이 공급하고 있는 생기가 나를 소생시킬 수 있다

3월 19일(월)

명화

간지러운 봄비에
살짝 젖은 나뭇잎들이
저마다의 냄새로
흔들린다

뽀얗게 낀 안개 속 오솔길
나무들은 어찌 그리
저 서있을 곳을 잘 알아서
그림보다 더 멋진
그림을 만들어 내고 있을까

두 달 만에 온 비로
인왕산 골짜기 바위 따라
졸졸졸 물이 흐른다

바람이 되어
나뭇잎을 흔들어 본다
바람이 되어
나비위에 살짝 앉아본다
바람이 되어
구름도 옮겨본다

하나님 앞에 솔직해지기

길가에 떨어진 꽃잎이 너무 고와
손에 들었더니
그저 바보처럼 웃고 있다
풀 위에 조심스레 올리니
함박 빛난다

물 흐르는 소리에
내 발자국 소리 얹으며 산을 오른다
새로운 모습의 나무들, 풀, 바람
그리고 오늘은
물소리가 하나 더

산에서 내려오니
전화벨이 바쁘다
덩달아 딸이 바쁘다

"엄마 집에 계시니?"

"운동 갔다 오셨니?"

"엄마, 외할머니가 엄마 운동 갔다 왔는지 궁금해서요."

"엄마, 아빠가 ……"

내겐
하루가 너무 감사하다

4월 17일(수)

사랑이 힘들었습니다

사랑이 힘들었습니다
사랑은 의무라
사랑은 책임이라
사랑은 희생이라 생각했습니다
사랑은 기쁨이고
환희이며 감사라는 것 말고는
아직도 방법은 모릅니다
사랑할 줄 몰랐기 때문에
사랑을 받을 줄도 몰랐습니다

오늘 깨달았습니다
주님은
저에게 무수히 사랑을 퍼붓고 계셨는데
알지 못해서
하나님의 사랑도 받아들이지 못했습니다

하늘에서 사랑의 비가 쏟아집니다
주체할 수 없어
두 팔을 벌리고 춤을 춥니다
사랑의 비가
나를 적시고
흠씬흠씬 넘쳐나게 하소서

마음은 그것이 아닌데
실컷 사랑하고 싶은데
애써 감추며
간구합니다

번데기 앞에서 주름잡았죠
다 아시는데
저는 진짜 바보였습니다

5월 20일(일)

주님, 티끌과 같은 존재인 저에게 자녀되는 특권을 주셔서 감사합니다.

그저 생각없이 세상을 살다, 나만 위해 살다 갈 뻔한 저를 구원해 주셔서 감사합니다.

주님, 제가 아니라 주님의 이름으로 위로하는 자가 되어 살고 싶습니다.

마음 아프고 육신이 아픈 이들의 위로자가 되게 하여 주시옵소서. 이런 맘 들게 해 주신 주님께 감사드리며, 주님의 사랑의 품성 날로 닮아가는 그런 사람이 되게 저를 도우소서. 주님께 오늘도 살아 내일을 소망할 수 있게 해 주심에 감사드립니다.

6월 12일(화)

주님,
저희가 옳지 못한 길로 가는 걸 속상해 하시는 주님,
우리 아버지
저와 함께 가 주실래요.
저도 함께 하길 간절히 소망합니다.
감사합니다.

7월 9일(월)

산행

산을 오릅니다

한 발자국 오르며
두려움 버리고

한 발자국 오르며
욕심 버리고

한 발자국 오르며
미움 버리고

한 발자국 오르며
거짓 버립니다

빈 그곳에

바위의
따뜻함

사각거리는
발자국 소리

급하게 길 떠나는
계곡물소리

발목을 간질이는
풀

바람에 몸을 맡긴
나뭇잎

하나씩 줍고
채웁니다

진정으로 나를 사랑하고
타인을 이해하며 긍휼히 여기는 마음을
예수님의 마음을 닮아가는 저로 다시 창조하여 주시옵소서

구름

구름이 산허리를 잡고
껴안습니다

산도
구름에
부끄러운 듯
얼굴을 묻습니다

옆집에 마실나간 햇빛이
기겁을 하며 달려옵니다

구름은 아쉬운 듯
안았던 산허리를
조금씩 놓으며
산위로 달아납니다

망각

지금은
세탁기의 빨래 얘기는
하지마세요

지금은
거실 바닥의 얼룩따위는
상관하지 마세요

지금은
설거지통의 그릇일랑
생각지 마세요

지금은
아들 딸 걱정
멈추세요

지금은
저녁 반찬거리
잊어버리세요

지금은

아름다운 음악속에 빠져

그저

눈쌓인 바깥풍경만

바라볼 것입니다

8월 17일(금)

오늘 나는 죽습니다.

주님 저에게 들어오셔서 저안에 오직 주님만 있게 해 주십시오.

주님이 주시는 새 생명으로 태어나게 하시고 주님 안에서 쉼을 얻는 안식일이 되게 하여 주십시오.

8월 22일(수)

주님은 오라시는데 뭘 망설이는지요. 주님, 모든 짐 주님께 맡깁니다. 저의 남편 건강, 태훈이 진로, 예지 대학, 모두 주님께 맡기겠습니다. 감사합니다. 저의 건강도 주님께 맡깁니다. 감사합니다.

인왕산 산책길에 솔방울 다섯 알을 줍습니다
왜냐구요?
재수하는 우리 딸에게 보여 주기 위해서입니다

몇 발자국 가다가 붉게 물든 나뭇잎 몇 장을 줍습니다
왜냐구요?
새벽에 나가 늦게 들어오는 아들을 위해서요

한참을 가다 푸른 하늘을 배경으로 사진을 찍습니다
왜냐구요?
카톡하는 친구에게 보여주기 위해서요

내려오다 들국화 한 송이를 찍습니다
왜냐구요?
일하고 돌아오는 남편에게 가을 소식을 전하려구요

2013년 이야기

당신은 변함없이 우리를 향해 승리의 V로 응원하고 계심을……

2013년 암과 함께 살아가기

3월 어느 날

사랑의 응원

푸른 나뭇잎에 정신이 팔려
미처 알지 못했습니다

예쁜 꽃을 찾아 두리번거리느라
미처 보지 못했습니다

화려한 물소리 유혹에 이끌려
미처 듣지 못했습니다

따뜻한 바윗돌을 껴안느라
미처 느끼지 못했습니다

이것들이 다 사라진 후에야
보였습니다

들렸습니다
그리고 알았습니다

당신은
변함없이 우리를 향해
승리의 V로
응원하고 계심을……

해갈이!!

작년에
잎만 무성하고
열매가 뜸했던 대추나무

올해는 궂은 날씨에도
대추가 빼곡 달렸다

모처럼 나온 햇빛을
놓치지 않겠다는 듯이
주렁주렁

4월 24일(수)

진정성을 가지고 주님과 동행하며, 동행함으로 행복한 날들을 보낼 수 있기를 기도합니다. 병을 낫게 하기 위함으로 주님을 찾는 것이 아니라, 나의 삶의 목표가 되게 해 주세요. 또 세상 속으로 갈 뻔한 저를 주님께 인도하신 은혜 감사드립니다. 오늘도 주님과 동행하며, 기쁜 하루, 감사한 하루 되겠습니다.

남편, 아들, 딸들도 선한 마음으로 오늘 하루를 지내게 하시고, 불쌍한 부모님, 주님께서 위로하시고, 힘 주시고, 제 동생들 걱정에서 벗어나게 해 주세요. 곳곳에서 병과 싸우고 있는 환우들 생명과 받아 치유되는 일들이 곳곳에서 일어나길 기원합니다.

4월 29일(월)

주님,

주님이 계셔 참 좋습니다. 주님이 만드신 들풀들, 아름다운 꽃나무, 새, 하늘의 구름 --- 모든 것들이 너무나 아름다워 가슴이 벅찹니다. 감사합니다. 지저귀는 새소리로, 바람에 흔들리는 나뭇잎과 꽃들로 저를 위로해 주시고, 사랑해 주시니 감사합니다. 보랏빛 제비꽃을 주셔서, 노란 애기똥풀을 주셔서 감사합니다. 이름 모를 작은 꽃들이 온몸을 흔들며 반가워하니 감사합니다.

주님,

저에게 좋은 부모님, 좋은 형제, 좋은 남편, 좋은 자녀를 있게 해 주셔서 감사합니다. 온통 감사할 일뿐입니다.

주님, 아시죠. 제가 몸에 안 좋은 녀석들이 생겼다는 거요. 전 지금 그 녀석들을 공격하여 없애 버리려고 계획하고 있습니다. 괜찮은 결정일까요?

맘이 아픕니다. 주님, 몹시 아픕니다. 주님은 아실 겁니다. 왠지 그 녀석들이 짠합니다. 제가 잘못 살아서 생긴 건데 ---

주님, 간구드립니다. 주님께서는 저의 머리털까지도 아신다 하였습니다.

사랑으로, 사랑으로 녹일 수 있도록 사랑의 힘 주세요. 주님의 사랑의 힘으로 녹여 주세요.

저의 남편은 저를 살리기 위해 주님께 좀 더 가까이 가, 더 많이 알아야겠다고 작정했습니다. 주님이 스승님 되어 지혜 더하여 주시고, 감동 주셔서 진짜 제자가 되게 해 주세요.

주님,

저의 부모님의 애통하는 마음 아시죠. 위로하여 주시고, 저도 부모님 가슴에 아픔을 주지 않는 딸 되도록 지켜 주세요. 간구드립니다.

주님,

저의 착한 여동생들 맘 아파하고 있습니다. 위로해 주시고, 지켜 주세요.

너무나 착해 걱정인 태훈과 예지는 주님의 자녀입니다. 주님 그 둘을 인도하여 주시고, 앞날에 축복하여 주세요. 따뜻한 마음과 사랑의 마음으로 세상을 살아가도록 주님, 도와주세요.

제 간이 주인을 잘못 만나 고생하고 있습니다. 앞으로는 힘들지 않도록 하겠습니다.

주님,

부모님, 남편, 자식, 형제들과 오래오래 같이 살 수 있도록 은총 내려 주소서. 이렇게 주님께 기도할 수 있어서 행복합니다. 아멘.

4월 30일(화)

주님,

주님의 영광이나 명예는 뒤로 한 채 '나'를 나타내기 위해 살았습니다. 주님께 영광 돌리며 작은 일, 작은 말 하나하나에도 하나님의 명예를 기억하며, 하나님의 성품에 의지하여 기도하는 삶을 살 수 있도록 주님 인도하여 주시옵소서.

제 간에 안 좋은 세포가 자라고 있습니다. 정상세포가 되도록 저의 유전자를 깨어 주세요. 주님, 긍휼을 베풀어 주시옵소서. 병원치료보다 주님의 치유에 희망이 있음을 압니다. 의사에게 치료받음이 부끄럽습니다. 주여, 도와주시옵소서. 주님은 하실 수 있음을 믿습니다. 주님만이 하실 수 있음을 믿습니다. 주님, 도와주시옵소서.

함께 하시는 여호와

주님, 저와 함께 하시죠? 함께 하심에 감사드립니다. 오늘 주님을 떠나게 했습니다. 겸손하지 못하고 나를 나타내려 했습니다. 용서해 주세요. 그리고 순간순간 주님이 함께 하심을 알게 해 주시고, 떠나시게 하는 슬픈 일이 일어나지 않도록 저를 강하게 주장해 주세요.

박♡♡랑 통화하면서 잘 알지도 못하면서 아는 척했습니다. 위선적인 말을 했습니다. 주님, 함께 하심으로 저는 평안합니다. 감사드립니다. 내일 병원에 갑니다. 함께 하심을 잊지 않고 담대히 치료받겠습니다. 도와 주세요. 주님, 꼭요.

하나님과 공유하고 있는 것

공통된 본성 : 긍휼
공통된 관점 : 영혼 구혼 - 주님, 저는 이 부분이 약합니다
공통된 소원 : 서로 사랑하기, 병 낫기
공통된 미래 : 하나님의 사랑을 전하는 일
공통된 염원 : 육체가 아파 고통 받고 있는 이들을 향한 기도와 도움
→ 지금 이 곳에서 사람들과 더불어 천국을 경험하게 해 주세요.

5월 2일(목)

주님, 오늘 색전술을 합니다. 주님이 낫게 해 주신다는 약속을 믿지 못해 인간의 방법으로 해결하려고 한다는 거리낌이 있습니다. 주님, 주님은 어느 경우에도 저와 함께 하심을 믿고 하겠습니다. 동행해 주세요. 색전술로 나음이 아니라 주님이 주신 언약으로 고침을 받음을 믿습니다.

오늘 저의 색전술 과정에 주님이 함께 하셨음을 모두에게 알리는 시간되기를 갈망하며, 나의 참 빛되시며 저의 스승이자 아버지, 친구, 형제되시는 나의 구주 예수 그리스도의 이름으로 기도드립니다. 아멘.

6월 어느 날

주님,

기쁨의 기도 드리게 하여 주소서. 감사가 넘치는 기도 드리게 하여 주소서.

어떤 나쁜 상황 속에서도 주님만 바라보고 생각나게 하소서. 저의 가증함이나 이중성을 홀딱 벗어 버리고, 진실한 모습으로 기도하게 하소서.

저는 너무 부족합니다. 주님의 말씀으로 채워 주소서. 그 말씀이 꿀송이처럼 달게 해 주소서.

6월 어느 날

주님,
기도 장소 주셔서 감사합니다.

살랑이는 바람
바람에 몸을 맡긴 나뭇잎들
나뭇잎은 스스로 흔들 수 있을까?

바람이 오기만을 기다리는 나뭇잎
바람이 와 흔들어 주기를 기다리는 나뭇잎

성령님이여, 내게로 오셔서 저를 흔들어 주소서
잠들어 있는 저를 깨우소서
어서 오소서

나비가 날아와 나를 기쁘게 해 주고 떠납니다
정한 마음 주셔서 기도하게 하소서

주님, 믿으라는 것, 결코 쉽지 않습니다.

주님, 저의 믿음의 분량은 어디까지일까요? 제가 지금 저를 속이고 하나님을 속이는 간악한 믿음은 아닌지, 알 수 있는 지혜 허락하여 주시옵소서. 억지로 믿는 믿음일지라도 주님, 그 믿음이 진짜 믿음되게 해 주세요.

물이 포도주되듯 주님이 주시는 이 평안함 속에서 저는 끊임없이 주님의 말씀이 아닌 무엇인가를 갈망합니다. '멋진 분위기, 흥겨운 친구들, 그리고

많은 사람들의 관심과 칭찬들', 찬사의 말, 그럴 듯한 유쾌한 농담을 주고 받고 ------, '멋진 가족여행'

주님,

시선이, 저의 귀가, 저의 촉각이 주님께 향하게 하여 주시옵소서. 저는 룻의 아내처럼 결코 돌아오지 않을 것입니다. 옷자락을 잡은 여인처럼 전력을 다해 주님께 나아가겠습니다. 그 믿음 허락하여 주소서.

6월 어느 날

주님,

주님을 앎이 너무 행복합니다. 저의 흔들리는 머리카락에서 주님의 손길을 느낍니다. 나무들도 주님이 만지심에 간지러운 듯 흔들고 있습니다. 소나무는 위아래로, 작은 잎들과 풀들은 박수를 치며, 기뻐 어찌할 줄 몰라 하고 있습니다. 주님의 만지심에 환호하고 있습니다. 주님, 감사합니다.

6월 11일(화)

주님,

저도 더 겸손하게 하시고, 늘 주님께 기도하며 몸가짐과 저의 생각을 겸허하게 하소서.

'하나님의 계획'

주님, 저의 아픔, 시련 이겨내고, 주님의 제자로 사랑을 펴는 도구로 저

를 사용하여 주시옵소서.

구원의 날은 먼 미래에 나타날 일이 아니고, 오늘이 바로 나의 구원의 날이 되어 그 환희를 누리는 날 되게 하여 주시옵소서.

사랑을 받아야 사랑을 나눌 수 있음
from God
'주님, 저에게 사랑을 퍼부어 주세요'
퍼부어 주시는 사랑 받아들일 수 있는 마음밭으로 만들어 주세요.

6월 12일(수)

주님,
하나님과 맺은, 피로 맺은 언약을 알았습니다. 주님과 저는 그렇게 어마어마한 관계임을 알았습니다. 하나님의 언약 믿고 저의 병을 두려워하지 않고, 모든 것을 주님께 의지하여 맡기고, 평안한 하루 보내겠습니다.
방해꾼이 있다면 주님께 달려가 알리겠습니다.

6월 13일(목)

주님, 저에게 주시는 사랑, 의심 없이 그대로 받아들이고, 그 사랑을 믿는 믿음 허락하여 주십시오. 끝까지 믿는 믿음 허락하여 주세요. 저는 저의 믿음이 불안할 때가 있습니다. 저를 도우소서.

내가 나의 질병을 위해 할 수 있는 것은 없다. 하나님께 맡겨야 한다. 그런데 주님, 마음 한 구석에 아직도 불안감이 있습니다. 주여, 주님을 100% 신뢰하는 믿음 허락하여 주시옵소서. 하나님을 기뻐하시는 편을 선택하게 하소서.

6월 14일(금)

주님,

아직 미래의 재림에 대해 확신이 없지만, 주님께서 재림을 기다리는 기쁨과 확신을 가질 수 있는 믿음도 허락해 주십시오. 오늘을 시작합니다. 주님 온전히 주님의 인도 따라 사는 하루 되게 해 주세요. 아멘.

6월 17일(월)

주님,

주님의 인침을 받음을 감사드립니다. 인침을 받은 자로서 주님께 충성하는 저 되도록 주님, 저를 강건히 하여 주세요. 저는 아직 연약하고 얄팍하여 할 수 없습니다. 주님께서 이루어 주십시오. 주님의 의로 승리하게 하여

주세요.

주님,

인침을 받고 구원의 대열에 설 수 있도록 하나님을 우리 삶의 첫째로 모시고, 변질되지 않도록 붙들어 주시고, 평안 속에서 치료의 기쁨을 얻도록 기도드립니다.

6월 18일(화)

〈오늘도 십자가에 저를 못 박고〉

나를 십자가에 못 박고 온전히 내려놓고 오직 주님의 말씀으로 덧입게 해주십시오.

하나님 아버지,

근본을 삼지 못하고 내 생각대로 살 때가 많았습니다. 지혜의 시작점을 하나님을 경외하는 데 두고 갈 수 있는 믿음 허락하여 주십시오.

6월 27일(목)

오, 예수님을 만나기 위해 이곳에 왔습니다. 세상의 많은 유혹을 뿌리치고 이곳에 왔습니다. 이곳에서도 사람의 장벽에 부딪쳐 순간의 즐거움을 위해 예수님 만나는 걸 포기하지 않게 하여 주시옵소서. 온 마음과 믿음을 집중하여 주님을 만지는 저 되게 하여 주시옵소서. 주여, 모든 장벽을 헤치고 오직 주님에게 나아가 주님을 만지게 도와주소서.

주님은 언약주임을 이해하고 도움을 요청할 수 있도록 하여 주시오며,

우리도 그 언약을 충실히 지키며, 언약주께서는 신실하심을 믿게 도와주시옵고, 언약관계를 바로 알고 빌게 하여 주시옵소서. 오늘도 우리와 함께하여 주시기를 간구드립니다.

7월 9일(화)

주님의 말씀을 통해 생명을 얻게 해 주셔서 감사합니다. 절망 중에도 말씀 속에서 생명의 기적을 맛볼 수 있도록 허락하여 주시니 감사하며, 그 기적 속에서 오늘을 살 수 있도록 인도하여 주시옵소서.

7월 10일(수)

죽을 수밖에 없는 저희에게 제2의 기회를 주시고자 이곳까지 인도하신 아버지 감사합니다. 사랑의 섭리와 계획 속에서 영원한 생명을 찾도록 성령으로 역사하여 주시옵소서. 먹고 마실 때 생명의 근원이 외부에 있음을

깨닫게 하여 주시옵기를 예수님 이름으로 기도합니다.

죄로 깊은 구덩이 속에서 빠져나올 수 없는 인간을 구하기 위해 치르신 것을 모두 헤아릴 수 없지만, 우리를 깨우치게 해 주시고, 우리의 질병에서 헤어나올 수 없는 이 길에서 저희들 손을 내미사 이끌어 주시옵소서.

영생의 약속과 언약함과 믿음 없음을 붙들어 주셔서 놀라운 축복 내려 주시옵기를 기도드립니다.

7월 12일(금)

없는 상태에서 있게 하시고, 없어진 것을 있게 하시는 구원의 놀라운 의도를 깨닫게 하는 한 날이 되도록 하여 주시고, 새로운 피조물로 재창조하여 주시옵소서. 성령님, 오늘도 함께 하여 주시옵기를 예수님 이름으로 기도드립니다.

죄로 깊은 구덩이 속에서 빠져나올 수 없는 인간을 구하기 위해 치르신 것을 모두 헤아릴 수 없지만,
우리를 깨우치게 해 주시고,
우리의 질병에서 헤어나올 수 없는 이 길에서 저희들 손을 내미사 이끌어 주시옵소서.

7월 13일(토)

보이지 않는 영원한 삶을 바라볼 수 있도록 하여 주시고, 주님의 언약을 계승시키는 계승자 역할을 할 수 있도록 믿음 주시고, 치료가 이루어지는 안식일 되기를 기원합니다.

7월 15일(월)

주님의 사랑을 담아 제 작은 연못에 가두어 놨습니다. 흘려 내보내지 않고, 움켜잡아 물이 썩어 냄새가 나고 지저분해진 물을 붙들고, 주님의 사랑이라 착각했습니다.

주님,
흘려 내보내는 깨끗한 믿음 허락하여 주시옵소서. 정한 마음으로 연못이 아닌 시냇물이 되게 하여 주시옵소서. 번지르한 말 멈추게 하여 주시옵소서.
얄팍한 감상주의도 집어치우게 해 주십시오. 주님, 저는 할 수 없습니다. 저는 할 수 없습니다.

주여,
이 불쌍한 저를 정한 마음, 사랑의 밭으로 만들어 주시옵소서. 허세 떨지 않도록 주여, 도우소서.

7월 16일(화)

주님,

넘어질지라도 다시 일어서 주님께 나아갈 수 있도록 자비와 은혜 베풀어 주시옵소서. 저는 연약하여 할 수 없습니다. 주님, 도와주시옵소서. 저도 깨어있을 수 있도록 주여, 함께하여 주시옵소서. 제 마음속 더러운 것이 올라올 때에 주님, 제하여 주시옵고, 정한 마음으로 바꾸어 주시옵소서.

물이 포도주가 되었듯이 저의 악한 마음 · 생각, 사랑으로 바꾸어 주시옵소서.

오늘도 번잡하지 않고 평화 속에 주님과 함께하기 원합니다.

자비와 사랑을 기억하고 주님께 돌아가게 은혜 내려주시옵소서. 탕자처럼 모든 것을 내려놓고 돌아가기 비옵니다. 우리의 허물과 죄와 육체를 회복시켜 주시옵소서.

주님, 무슨 일을 하든지 무슨 생각을 하든지 주님께서 주시는 평화와 사랑 안에서 이루어지는 하루 소망합니다. 그 평화와 사랑의 마음 허락하여 주시옵소서. 주님의 사랑 제 안에 가두어 두지 않고 흘러내리게 하시고, 작은 일 하나에도 진실을 담아 행하게 하여 주시옵소서.

쓸데없는 허세와 거짓된 말 하지 않도록 입술도 지켜주시고, 오늘도 병실에서 아파하고 있는 환우들 주님, 위로하여 주시옵고, 비록 아플지라도 하나님의 긍휼 안에서 소망을 가지고 투병하게 하여 주시옵소서.

모두들 웃고 있지만 두고 온 가족과 몸의 병 때문에 모두들 예민해 있습니다. 하나님의 사랑의 약으로 신실함으로 무장하여 능히 이겨낼 힘 주시옵기를 간구드립니다.

7월 17일(수)

주님, 다른 사람의 비쳐지는 모습에 열중하여 끊임없이 뭔가를 추구하며 평안하지 못했습니다. 내 자신의 만족감보다는 타인에게 비쳐지는 모습에 집중하여 자아 존중감도 약합니다. 나는 거짓 완벽한 척 위선을 부리고, 상대방에게 100%를 원하였습니다. 마구 비판하여 장점보다는 단점을 캐 다른 사람을 낮추고, 나를 높이기 위해 비겁하였습니다. 용서하소서.

주여, 이런 마음 제하여 주셔서 정한 마음 허락하여 주시옵소서. 족할 줄 아는 은혜 허락하여 주시옵고, 하나님의 마음이 아니면 품지 않도록 도와 주시옵소서. 주여, 저는 아무것도 할 수 없습니다. 진정으로 진심된 마음으로 주님께 나아갈 수 있도록 정한 마음 허락하여 주시옵소서.

주여, 주여, 주여.

주여, 이 아침에 내가 부르짖나이다. 저에게 진실과 정한 마음 허락하소서.

기도도 허락하여 주소서. 긍휼의 마음 허락하소서. 주님만 보이게 해 주세요.

질투의 마음, 나만 주목받고 싶은 마음에서 저를 해방시켜 주시옵고.

주님,

1. 이 아침 주님의 말씀에 집중할 수 있게 해 주시니 감사!

2. 내가 얼마나 이기적인지 생각게 하시니 감사!

3. 도덕적이 아니라 하나님의 언약의 신실함을 알게 하시니 감사!

7월 18일(목)

주님,

오늘 하루, 말씀으로 시작하게 하시니 감사합니다. 이제 저도 말씀으로 무장하여 하나님의 사람으로 당당히 서고 싶습니다. 흔들리지 않는 믿음 원하옵니다. 세파에 흔들리지 않는 믿음 원하옵니다.

주님, 제게 허락하여 주시옵소서. 두 마음을 품지 않고 주님께 모든 것을 맡길 수 있는 믿음 허락하여 주시옵소서. 저는 너무 연약하옵니다. 주님, 저는 너무 부족합니다. 주님, 저는 너무 한심합니다. 주님, 저는 우유부단합니다.

세상의 조그만 바스락 소리에도 저는 무너져 버리는, 너무 세상적인 사람입니다. 주여 ~ ~, 지금 이 순간도 주님께 집중 못하고 주위를 의식하고 있습니다. 이런 저를 오직 주님께 집중하게 도와주시옵소서.

주여, 저를 어찌하오리까.

주님, 도와주소서. 주님, 도우소서. 주님, 저를 도우소서. 오늘도 긍휼의 마음 허락하소서. 지극히 작은 일에 작은 손길로 도움을 줄 수 있는 마음 허락하소서. 흔들리지 않는 믿음 허락하소서. 감사함이 넘치는 하루 주시옵소서.

사소한 일로, 사소한 말 한 마디로 꽁하지 않고, 웃어넘기는 하루되게 하여 주시옵소서. 벌레를 보고도 두려워하지 않고, 불쌍히 여기는 마음 허락하여 주시옵소서. 번잡한 마음 대신 주님을 사랑하는 단순한 마음 허락하여 주시옵소서. 더 많이 기도하고 찬양하게 하여 주시옵기를 간구드립니다.

7월 19일(금)

주님,

믿음은 동굴이 아니고 터널이라고 설교말씀 들었습니다. 인간적인 생각으로는 그 터널이 짧기를 소원합니다. 하오나 그 터널이 얼마나 길던 끝이 있으리라 믿고 터널의 끝을 향해 가겠습니다. 빛이 오는 곳을 향해 말씀 붙들고 가겠습니다. 제가 그 빛을 놓치지 않도록 주님, 저의 눈을 밝혀 주시옵소서. 빛이 보이지 않는다고 좌절하지 않도록 주여, 도와주시옵소서.

주님,

이 아침 저의 마음은 산란합니다. 왜인지 주님은 아시나이다. 주님, 저에게 주님의 사랑 부어 주시옵소서. 용기 주시옵소서. 주님을 믿음으로 그 어떠한 것도 당당하게 헤쳐 나가게 하여 주시옵소서.

7월 20일(토)

주님,

아직도 가야 할 길이 멀었습니다. 너무도 부족합니다. 마음속에 거리낌이 있습니다. 주님앞에 당당함이 없습니다. 주님, 이 찌꺼기들 주님 받아주세요. 깨끗게 해 주세요. '사랑의 주님' 주님께서 정결케 해 주실 것을 믿습니다. 주여!

7월 21일(일)

주님,

주님, 하늘이, 바다가, 섬이 넘 아름답습니다. 그 아름다운 배경 속에 거

닐고 있는 사람들의 모습도 아름답습니다. 봐도 봐도 싫증나지 않는, 한없이 바라만 봐도 신비롭습니다.

멀리 있는 남편에, 저의 두 자녀 주님이 지켜주시오며, 저의 부모님 주님 함께 하여 주시옵소서. 제 동생들 건강하게 부모님 곁에 오래 머물도록 지켜 주시옵고, 제 남편 너무 좋은 사람입니다. 감사 감사드리며, 예수 그리스도의 이름으로 기도드렸습니다.

7월 21일(일)

주님,

기도하는 하루 되게 하소서. 깨끗한 마음으로 하루를 살아가게 하소서.

오늘도 걱정하고 근심할 일이 생겨도 두려워 말고 이겨낼 힘 주시옵소서.

긍정으로, 기쁨으로 충만한 날 되게 하시고, 주님 안에서 사는 날 되게 하소서.

환우들을 위해 기도합니다. 하늘을 보며, 구름을 보며, 바다를 보며, 주님의 숨결을 느끼며 치료가 있는 날 되게 하시고, 우리들 마음속에 주님을 모시고 겸허한 날 보내게 하여 주시옵소서. 쓸데없는 의심과 걱정으로부터 해방시켜 주시옵소서.

박♡♡ 선생님 오늘 퇴원해 병원치료를 받으러 갑니다. 주님이 함께 하시며 모든 치료의 과정 잘 견디며 이겨낼 수 있게 하여 주시옵소서. 꼭 회복되어 환우들의 희망이 되게 하소서. 이 아침 기도하게 해 주셔서 감사드리며, 주님 앞에 겸손과 겸비한 하루되길 간절히 바라오며, 예수 그리스도

의 이름으로 기도드렸습니다.

주님, 하나님의 온전한 사랑으로 채워주시옵소서. 어쩌면 저는 사랑이 뭔지도 모릅니다. 거짓 사랑이 아닌 우리 주님의 사랑이 제 안에 있게 하여 주시옵소서.

이 곳 환우들 오늘도 지켜주시고, 배♡♡씨 가려움증 낫게 해 주세요. 모든 이들에게 부드러운 맘 허락하여 주세요. 박♡♡, 양♡♡, ♡♡ 모두 행복한 하루 보내게 하시고, 우리들이 밥 먹을 때나 운동할 때나 주님 안에서 이루어지게 하시고, 마음을 정케 하여 주시옵소서. 주님 깨끗하게 하여 주시옵소서. 감사 감사드리며 예수 그리스도의 이름으로 기도드렸습니다.

7월 22일(월)

주님,

눈 뜨자마자 살아있음에 감사하게 하시고, 주님께 기도하게 하여 주세요. 살아있음에 환희의 기쁨으로 가득 차게 하여 주시옵소서.

제가 세상을 다 바꿀 수도 억울함을 다 풀고 살 수도 없습니다. 주님, 긍정으로 받아들이게 하시고, 치우친 의협심, 쓸데없는 의협심으로 분노하지 않게 하여 주소서.

오늘 하루 하나님의 질서 속에서 보내게 해 주세요. 주님, 요양병원의 환우들, 기뻐하며 서로 사랑하며 감사하는 하루 되게 하여 주시옵소서.

주님, 오늘도 주님 안에서 살았나요? 죄송합니다. 일상 속에서 순간 미워하고 교만해지고 짜증도 냈습니다. 주님, 용서해 주실거죠. 주님의 용서로 깨끗해진 몸과 마음으로 잠자리에 들겠습니다. 잠자리는 주님께서 지켜주십시오.

♡♡이와 한 방을 쓰게 해 주셔서 감사합니다. ♡♡이 잠 잘 자도록 지켜주시옵고, 우리가 순수하고 정결한 마음으로 잠자리에 들게 하시고, 사랑하는 가족들도 주님께서 함께 하여 주시옵기를 간구 드리며,

오늘은 이만 쓰겠습니다. 오늘 최고로 잘 자고 일어났다고 말할 수 있도록 주님, 잠자리 함께 하여 주시옵소서.

7월 23일(화)

빛을 창조하시고, 지금도 빛을 창조하시고 계신 아버지 감사합니다.

제 마음속 깊은 곳에 찾아오시어 빛으로 밝혀 주시옵소서. 어둠의 세력을 물리쳐 주시옵소서.

건강을 찾기보다 빛이신 아버지의 생명을 구하는 믿음 허락하여 주시옵소서.

구원의 기쁨으로 가득 찬, 천국을 오늘 경험하게 하여 주소서. 빛으로 만들어진 사랑으로 가득 차게 하셔서 그 사랑이 흘러 넘치게 하소서. 주님, 빛 비추시어 추악함을 태우시고 사랑만 남게 하여 주시옵소서.

통증으로 또는 정신적으로 피곤하고 아파 이곳에 내려오지 못한 환우들

주님, 모이게 하여 주시옵고, 오늘 그들에게도 축복받는 기쁜 날이 되도록 빛 비추어 주시옵소서.

잠이 부족한 이에게는 잠을, 영양이 부족한 이에게는 영양을, 마음이 불편한 이들에게는 주님의 평안 비추어 주시옵기를 간절히 기도드립니다.

7월 25일(목)

주님,

오늘도 저의 남편 서울 가는 길, 주님과 동행하는 길 되게 하시고, 여행에서 돌아온 저의 자녀들 주님과 휴식하는 날 번잡스럽지 않는 날 되게 하소서.

부모님 형제들 주님 함께 하시며, 환우들 서로 사랑하는 생활하게 하시고, 통증 있는 환자들 아직도 마음 문을 열지 않는 환우들에게도 주님 함께 하시길 간구 드리며.

7월 25일(목)

주님,

거짓 믿음 버리고, 주님과 진정으로 주님을 사랑하는 만남을 위해 기도합니다. 거짓 울음도, 웃음도 그만두겠습니다. 주님과의 온전한 만남을 위해 전력을 다하겠습니다. 저의 한 호흡 한 호흡 주님 지켜주시고, 믿음 허락하여 주시옵소서. 쓸데없는 생각으로 번민하지 않게 도와주소서.

잡념으로부터, 세상걱정으로부터, 질투로부터, 생각의 범죄로부터 ~.

누구랑 밥 먹을까 재지 말고, 누구랑 친해질까 재지 말고, 주님만 바라보며 도움의 손길이 필요한 곳을 발견하게 하시고, 행하게 하시고 순종케 하여주소서.

7월 26일(금)

〈부활의 아침〉 감사합니다. 오늘 정한 하루 주세요. 번잡하지 않고 생각도 입술도 정하게 하여 주시고, 사랑이 솟아나오게 하여 주세요.

주님,

대성통곡하며 주님께 매달리는 믿음 허락하시고, 7번까지도 순종하여 인내하는 믿음과 힘 허락하여 주시옵소서. 하나님의 말씀으로 가슴이 뜨거워 주체할 수 없는 감격도 주님, 허락하여 주시옵소서.

주님, 겉에서만 맴돌지 않고 주님과 깊은 교제가 이루어지도록 도우소서.

저의 심령을 정케 하셔서 하나님의 사랑으로 채우소서. 기도할 수 있는 좋은 장소 주님, 주시옵기를 간구드립니다. 주님의 언약 붙들게 하여 주시옵소서.

7월 29일(월)

주님,

감사합니다. 감사했습니다. 나름 잘 나가던, 남의 부러움을 사던 과거는 나의 잘남으로 인한 것인 줄 알았는데, 주님의 은혜였습니다. 넘치도록 주셨음에 감사 감사드립니다.

이제는 주님의 음성 들을 수 있는 세미한 소리에 귀 기울일 줄 아는 능력 허락하여 주시옵소서. 과거를 회상하며 한탄하기보다는, 주셨음에 감사하며, 그 감사함의 힘으로 오늘 일어나게 하소서. 제가 이 병원에서 할 수 있는 지극히 작은 일 바라보고 실천하면서 주님이 주시는 기쁨 누리게 하여 주소서.

7월 30일(화)

주님, 오늘은 늦잠을 잤습니다. 주님, 오늘의 말씀은 바로 옆에서 살아계신 하나님을 믿고 의지하라 하시는 말씀이었습니다. 오늘 무엇을 먹을까, 얼마큼 먹을까 고민하지 않고, 주님과 기쁨으로 교제하는 날 되게 하여주소서. 오늘 살아있음에 감사하며, 가슴 벅찬 하루되게 하여주소서.

바리새인처럼 외식하는 자 되지 않게 하여주세요. 마음속 번잡함 줄이고, 느긋하게 하나님 안에서 사는 날 되게 하여주세요.

'역경을 통해 하나님을 보려고 하지 말고, 하나님을 통해 역경을 봄'

7월 31일(수)

주님,

오늘 아침에도 잠시 의심하였습니다. 그럴 때 두렵습니다. 주만 바라보며, 반석이신 주님만 의지하게 하여 주시옵소서. 근거없는 의지가 아니라 확신을 가지고 의지하며 바라보게 하여 주시옵소서.

주님,

저는 연약하여 아직도 하나님께 보다 사람을 더 많이 의식하고 사는 한심한 저입니다. 하나님이 함께하심으로 저의 입술과 생각을 단속케 하여 주시고, 하나님을 가장 많이 의식하고 사는 삶, 보여지는 삶이 아닌 진실한 삶 살게 하소서.

오늘도 도움이 필요한 외로운 영혼들, 하나님의 이름으로 위로하는 하루 되게 하시고, 오늘 말씀 공부 준비 진정으로 준비하게 하시고, 그 말씀 한마디 붙들고 하루를 사는 힘 되게 하소서.

8월 1일(목)

주님,
이 아침도 말씀으로 시작하게 해 주시니 감사합니다. 주님이 주시는 말씀, 가슴판에 새겨 오늘도 언약을 믿고 신실하게 주님 닮은 날 되게 하여 주소서.

주님,
이 열등감으로부터 해방되게 하여 주소서. 전지전능한 주님의 딸로서 하찮은 것에 연연해하며, 비교하고 질투하지 않게 하여 주시옵소서. 주님의 딸임에 당당하게 하여 주시옵소서. 오늘도 주님 안에서 한 시도, 한 발걸음도, 한마디의 말도, 생각도 주님과 함께 하는 날 되도록 저를 깨워 주시옵소서.

8월 2일(금)

주님,

저는 주님 앞에 아직도 솔직하지 못합니다. 아직도 용서하지 못하고, 아직도 허울뿐인 칭찬에 연연해하며, 질투심과 이기심으로 꽉 차 있습니다. 주님, 이런 마음 발견케 하심 감사드립니다. 주님, 이대로 살도록 내버려 두지 마소서. 이런 마음들 툴툴 털고, 주님의 십자가를 바라보며, 그 사랑 조금이라도 실천하며 살게 하소서. 가까운 곳에서부터 그 사랑을 실천하며, 미워하지 않는 마음 허락하여 주시옵기를 간구드립니다.

8월 5일(월)

세상의 번잡함으로부터, 생각의 번잡함으로부터 자유로워지게 하여주소서.

누가 더 나보다 잘나고, 주목받는 것 같은 일에서 벗어나서 온전히 주님과 교제하며, 주님이 주신 자존감을 회복하게 하여주소서. 평안과 진정한 휴식을 할 수 있도록, 너그러운 마음 허락하여 주시옵소서. 주님이 주신 기쁨으로 충만하게 하여 주시옵기를 간구드립니다.

8월 6일(화)

주님,

새 날 주셔서 감사합니다. 하루 예배로 시작하게 하시니 감사합니다.

오늘도 적당히 타협하지 않고, 진리 좇아가는 하루 되도록 저의 생각과 입술을 지켜주소서. 육체의 통증이 저를 실망시킬 때 있습니다. 능히 이겨낼 힘 주시고, 원하옵건데 결림이나 뻐근함 사라지게 하여 주시옵소서. 항상 평안한 가운데 있도록, 주님의 평안 허락하여 주시고, 제가 할 수 있는 기도 끊이지 않도록 깨어있게 도우소서. 마음속에 있는 시기와 질투의 마음 지워 주소서. 성령의 힘으로 마음의 쉼을 얻을 수 있도록 주여, 도우소서.

주님, 지금도 어쩔까 하는 두려움과 번잡함이 있습니다. 주여, 제하여 주시옵소서. 제 마음에 산란함이 있습니다. 주여, 단순하게 하여 주시옵소서.

주여, 저의 가정, 주님을 예배하는 교회로 만들어 주소서. 주여, 오늘도 주님 붙들고 사는 하루되도록 하여 주소서. 주님만이 아시는 구원의 길에 많은 사람들이 동참하게 하여 주소서. 저는 아직도 모릅니다. 주님, 그저 기도하고 좇아갑니다. 많은 아픈 이들 절망 가운데 있는 이들, 주여, 주여, 주여, 버리지 마소서. 하나님을 외치며 빛을 바라보게 주여, 도우소서.

8월 7일(수)

주여,

어쭙잖은 기도는 그만하겠습니다. 내가 괜찮은 사람인 척하는 기도는 그만두겠습니다. 많은 이들의 사랑을, 주님의 사랑을 제 자신이 싸구려 사랑으로 만들었습니다. 주여, 용서하여 주소서. 별 것 아닌 것 주었다고 치부해 버리고, 나는 이 정도는 당연히 받아야 한다고 교만하였습니다. 주여, 용서하여 주소서. 수많은 이들을 정죄하며, 교만하였습니다. 주여, 용서하여 주소서. 머릿속 깊이 들어있는 쓴 뿌리, 주님의 힘으로 뽑아버릴 수 있도록 도와주소서.

오늘도 평안 가운데 예배시간 늦지 않도록 허덕이지 않고, 하루를 보낼 수 있도록 주님, 함께해 주소서. 오늘은 사람이 아닌 주님만 생각하고 바라보는, 옷자락이라도 잡기 위해 집중하는 여인이 되어 살아가게 하여주소서. 주여, 도와주소서. 아멘.

8월 11일(일)

이른 아침 장등 바닷가의 운무 사이로 햇빛이 슬쩍

8월 13일(화)

주님,

오늘 재창조의 기쁨을 누리게 도와주소서. 우리 주 여호와 예수님께서 그 귀한 피값으로 저를 살리셨습니다. 그 공로 그냥 습관적으로 받아들이지 않고, 뼈속 깊이, 감사함으로 받아들이게 하여 주시옵소서. 주님과 함께 함으로 기쁜 날 되고 싶습니다. 제발 주님 떠나지 않은 저 되게 주여, 도와주소서. 죽기까지 저희를 사랑하신 주님, 주님이 사랑하신 주변의 사람들을 사랑하게 하여주세요. 사람을 원망치 않게, 계산하여서 바라보지 않게 오늘도 저를 도우소서.

8월 15일(목)

주님,
당신의 이름이
내 마음의 방망이가 되어
나를 두드립니다
둥둥둥

십자가에서 피 흘리시면서 오직 긍휼의 마음을 가지셨던 주님,
주님이 저를 두드립니다
너의 악습에서 깨어나라 저를 깨우십니다
저는 정말 무지랭이입니다
저는 아무것도 무엇도 할 수 없습니다
주여, 주님께 맡깁니다

바보가 되겠습니다

8월 어느 날

주님,

오늘 제 몸이 힘듭니다. 제가 절제와 휴식이 부족했습니다. 다시 정신 차리고 주님, 투병하겠습니다. 주여, 다시 힘 주시고 극복할 수 있도록 주여, 도와주소서. 쉼을 통해 주님을 묵상하고, 허세나 들뜸을 가라앉히겠습니다.

오로지 주님과 교제하며, 마음의 참 평화와 건강해지는 하루되도록 주여, 저를 도와주소서. 주님, 주님, 연약한 저의 마음 강하게 하여 주시고, 나쁜 맘 틈나지 않도록 주여, 함께 하여 주소서.

8월 18일(일)

주님,

사랑하는 주님, 저의 육체의 질병이 축복임을, 슬픔이 아님을 뼈속 깊이 알게 하여 주시옵소서. 성실함으로, 감사함으로 그 감사를 보답하며 살아가는 인생되게 하여 주시옵소서. 저의 질병을 바라보지 않고 주님을 바라보게 하여 주소서. 입으로는 주님을 부르지만, 여전히 걱정과 근심과 아프지 않는 이들을 부러워하며, 미워하고 있습니다. 모두 버리고 주님과 친구되어 주님 닮은 삶 살게 하여 주소서. 저는 밑밥을 던지는 일 뭘 해야 하는지 아무것도 모릅니다. 그냥 주님만 의지합니다.

주님, 더 많이 알기 위해 저에게 성경을 보는 일, 찬양하는 일에 성실할 수 있도록 도우소서. 오로지 주님만 보이게 하여주소서. 오늘 하루도 기도하며, 더 아픈 환우들을 위해 기도하며 격려하는 아름다운 날 되도록 도우소서.

8월 20일(화)

주님,

과거를 돌아보지 않게 하여주소서. 과거에 어떠했는지, 무엇을 소유했는지, 내가 얼마나 괜찮은 사람이었는지 이제는 그치고, 오늘부터 새로 시작하여 주소서. 과거의 나태함과 게으름, 이 정도 살았으면 하고 자만하던 과거로부터 탈출하겠습니다. 겉으로 보여지는 괜찮은 사람인 척하기 위한 거짓에서 나오겠습니다. 주님, 제 의지로 억지로 하지 않게 해 주세요.

주님께서 강력하게 역사해 주세요. 저는 그저 엎드려 주님께 기도하고 간구할 능력밖에 없습니다. 주여, 도와주소서.

오늘 이 아침에도 정한 마음 허락하시고, 오늘도 산란하지 않고 주님의 평화 속에서 보내는 날 되게 도우소서. 오늘부터 주님과 함께하는 나를 만들 수 있도록 주여, 도우소서. 오늘 최고의 날 되도록 주여, 함께 하소서. 내 생애의 가장 아름다운 날이 되게 도우소서.

주님, 이런 맘 주심에 감사드립니다. 저의 질병이 최고의 축복이 될 수 있도록 성실함으로 주님과 함께 하겠습니다. 빈 껍질뿐인 저의 속을 채워주소서. 주님, 감사합니다.

나는 못한다, 이 정도면 된다 안위하지 않고, 주님의 훈련속으로 들어가겠습니다. 주님, 저를 사용하여 주시옵소서. 감사드리며 아멘 -

8월 21일(수)

주님,
다른 사람을 위한 봉사의 마음, 긍휼의 마음 허락하소서. 욕심, 주목받는 것, 다른 사람에게 비쳐지는 모습 등에서 죄에서 저를 멀리하소서. 정한 마음 주셔서 혼자 가는 길이 아닌, 같이 가는 길을 떠나게 도와주소서. 말 한마디 행동 하나마다 주님을 느끼고 생각나게 하여주소서. 진령한 맘으로 가득 채워 결단코 주님과 함께함을 선택하게 도와주소서.

오래 참으며 참으시고, 기다리고 기다리시는 하나님, 자비롭고, 은혜로우시고, 노하기를 더디하시는 품성을 모세가 보았노라.

8월 어느 날

주님, 오늘 저에게도 모세에게처럼
하나님의 품성을 보는 날이 될 수 있도록 주여,
인도하여 주옵소서.
천연계에서 밥을 먹으면서,
또 사람들과 교제를 할 때에도
주님의 그 품성을 볼 수 있는 눈 허락하여 주시옵소서.

8월 어느 날

신 선생님, 힘든 시간을 보내면서도 언제나 미소를 띠고, 힘들다 투덜거리는 말씀 한 마디 안 하시고, 행여 다른 사람에게 폐를 끼칠까 조심스런 발걸음을 떼는 당신의 모습 속에서 뉴스타트의 아름다움이 느껴집니다.

지금 하나님께서 안쓰러운 모습으로 당신을 바라보고 계십니다. 아담에게 불어 넣었던 생기를 당신께 불어 넣어주고 계십니다. 어려운 상황 속에서 생명을 선택하시기를 저희들은 기도하고 있습니다. 힘내세요. 오늘 밤 놀라운, 아니 당연한 하나님의 치유가 선생님과 함께 하실 겁니다.

8월 24일(토)

추도와 사도에 조그만 배를 빌려 갔습니다.

그 곳에는 파란 빛 바다와 공룡발자국, 예쁜 바위와 요양원 친구들, 시누이 가족이 함께 했습니다.

8월 24일(토)

아침 새벽비를 맞으며 바닷가를 산책하였다
고마리꽃, 깨꽃
깨가 그렇게 예쁜 꽃에서 나는지 미처 몰랐었다
깨가 더 맛있는 것 같다

강아지풀, 매꽃
비를 품고 있는 모습이 넘 이쁘다
주님 감사합니다

익어가는 수수
멀리 구름과 안개 속에 가린 바닷가
어느 것 하나 나를 실망시키는 것이 없다

거기다 파도소리는 넘 아름다웠다
이 아름다움과 감격의 이 맘을 주님은 알고 계시겠죠?

Thank God!
내가 먹던 깨꽃이 이리 예쁜지 몰랐네요
엄마 오는 발자국소리 들으려고
바닥에 바짝 귀 기울이고 있는
백일홍이 넘 귀엽네요

8월 24일(토)

비오는 안식일 새벽 산책길
밤새 심심했던 작은 꽃들, 풀들이
말을 걸어와 가는 길이 더디다.
그래도 착한 내가 아는 척해 줄께
바다는 빨랑 오라는데~

8월 26일(월)

오동도에서의 여름 휴가

저희 부부에게 좋은 추억 만들어 준 이 장로님 감사^^

금♡♡ 경은씨 넘 넘 귀엽게 한발 뒤로 한 포즈 깜찍해요

윤♡♡ ㅋㅎㅎ~~ 보기 좋아요.

우♡♡ 한쪽 발 들어주시는 쎈쓰 ㅎㅎ

9월 3일(화)

혼자 먹는 점심 대충 덜어 먹을까 하다
접시에 가지런히 담아 놓으니 한결 맛있게 보이네요^^
뜨거운 태양, 물, 농부, 돈 벌어다 준 남편, 준비한 나
글구 이 모든 것이 있게 한 하나님께 감사!!!

윤♡♡ 소박한 밥상~~ 건강함이 전해옵니다.

9월 6일(금)

지난 여름 아들과 함께 여수 봉화산과 장등해수욕장에서 ~ 고마워 아들~

윤♡♡ 위는 모자 맞는데~~ 아래 사진은 연인포스~~??

9월 9일(월)

주님,

새날이 시작되었습니다. 오늘 이날도 주님과 함께하는 날 되게 해 주시고, 겸손하며 사랑으로 사는 날 되게 주님, 지켜주세요. 오늘 이곳에 모인 모든 이들, 즐거운 날 되게 해 주시고, 그들을 위해 기도하며 사랑하는 날 되게 해 주세요.

사랑하는 딸, 주님, 지켜주세요. 어젯밤에 나쁜 꿈으로 맘이 불안합니다. 이 불안함도 사단이 줌을 아노니 성령의 힘으로 극복할 수 있도록 주여, 도우소서. 남편, 주님, 지켜주시고 오늘도 행복한 날 되게 함께하여 주시옵소서.

주님이 보시기에 오늘 하루는 어떠하신지요?

"생각보다 바쁜 하루였네요."

내일 아침 새벽 6시 15분까지는 일어나게 해 주세요. 기도하고 하루를 시작할 수 있도록 주님, 오늘 밤 잘 자게 해 주세요. 더 많은 시간 성경보고, 묵상하고 기도하게 그때그때 지혜 주시고, 생활의 우선순위 지키게 해 주시고, 그리고 너무 딱딱하지 않고 사람들과도 사랑을 나눌 줄 아는 진짜 하나님의 사람이 되게 해 주세요.

주님, 저의 딸과 아들, 남편, 어머니, 아버지, 동생 오늘 밤에도 찾아가셔서 함께하여 주시고, 이곳에 있는 환우들 주님 편안한 밤 되도록 지켜주세요.

예수님의 이름으로 기도드렸습니다. 아멘.

9월 10일(화)

주님,

오늘 하루도 주님과 함께하는 하루, 주님께서 저를 붙드신, 손 놓지 않는 하루되게 하여 주시옵소서. 나 혼자 돋보이고, 조금이라도 시기, 질투, 다른 사람을 정죄하는 일없이 단순하고 주님이 주시는 모든 것에 감사하는 하루 될 수 있도록 주님, 저를 도와주세요.

원하옵건대, 사망적인 마음이 든다면 얼른 깨달아 성령님을 구하는 지혜도 허락하셔서 나쁜 것이 들어오지 못하도록 주님 함께하여 주시기를 간구드립니다. 가족들과도 함께하여 주시고 지금 이곳에 함께하는 이들, 그리고 병원에서 치료중인 백♡♡씨와도 주님 함께해 주세요.

9월 11일(수)

바쁘지 않은 하루, 주님, 감사합니다. 낼을 기대하며 잠자리에 듭니다.

9월 12일(목)

오늘은 왠지 하나님과 가까이 간 날이었으나 마음이 가라앉았다. 심령이 가난한 자는 복이 있나니.

주님,
말씀은 많이 보지 못했습니다. 낼은 좀 더 많이 볼 수 있도록 도와주세요.
예수님 제 안에 계셔서 저를 주장하여 주소서.

항상 기뻐하고, 쉬지 말고 기도하라. 범사에 감사하라.

9월 어느 날

이 아침 기도하게 하시니 감사합니다. 담대함으로 오늘을 살아가라는 주님의 말씀대로 주님 의지하며 오늘을 살아내겠습니다. 선악의 끊임없는 선택 속에서 선을 선택하여 승리하는 하루되겠습니다. 주님, 도우소서. 불쌍한 저희, 주님, 도와주소서. 위로가 필요한 이들이 많습니다. 모두들 닛시되시는 여호와여, 주님만 바라보며, 행복과 감사가 넘치는 하루가 되도록 주여, 도와 주소서.

주님,

달콤한 주님의 말씀속에 살며 그 말씀을 사모하게 하여주소서. 감사합니다. 기도로 기쁨 주시고 충만케 하시니 감사합니다.

9월 어느 날

주님,

저의 맘 깊은 곳에, 저 깊은 곳에
무엇이 도사리고 있는지 두렵습니다
주님의 밝은 빛으로 비추어
미움이 있다면 사랑으로

분노가 있다면 용서로
두려움이 있다면 담대함으로
바꾸어 주시옵소서
정한 마음 허락하시고
주님의 품성 닮아가도록 함께 하여 주옵소서

누군가의 수고로 만들어진 길을 갑니다
하나님의 뜻
예수님의 십자가
믿음의 흔들림 없는 삶

주님,
제 마음속에 두려움이 있습니다. 티끌 하나에 흔들려 믿음을 잃을까 두렵습니다. 믿음 없는 저를 주님 붙들어 주소서. 저는 연약하여 할 수 없습니다. 십자가의 사랑을 늘 기억하게 하시고, 그 사랑으로 저를 동여매어 주시옵소서.

9월 17일(화)

나의 거울은 예수님입니다. 인간을 보지 않고 예수님을 바라보며, 닮아가게 하여 주시옵소서. 주님께서 주시는 기쁨의 보물을 찾을 줄 알게 하시고, 누리게 하여 주시옵소서. 늘 다른 사람을 위해 기도하며, 도움이 필요한 곳에 도울 수 있는 능력 허락하여 주시옵기를 간구드립니다.

9월 18일(수)

주님,

오늘은 유난히 어깨도 아프고 등도 아픕니다. 주님, 내일이면 좋아져 제가 확신을 가지고 주님을 의지하게 하여 주시옵소서. 평안한 마음 주시고, 잡념들 되도록 줄이고, 단순하게 생각하고, 아닌 건 아니고 거절할 수 있는 지혜도 허락하여 주옵소서.

9월 21일(토)

동생 성림이가 어제 왔다 오늘 갔다. 성림이의 건강이 걱정된다. 제발 쉬면서 일했으면 합니다. "아주 편안한 언니가 되어주지 못해 미안하다."

더 깊이 사랑하고, 사랑해 줘야겠다. 고맙다 성림아.

9월 23일(월)

주님,

저의 부끄러움, 그리고 마음속 깊은 곳에 있는 슬픔이나 안 좋은 기억들 다 털어버리고, 진정으로 나를 사랑하고 타인을 이해하며 긍휼히 여기는 마음으로 예수님의 마음을 닮아가는 저로 다시 창조하여 주시옵소서.

제가 치뤄야 할 십자가의 고난을 주님께서 담당하셨습니다. 그 주님의 사랑의 백분의 1, 아니 만분의 1, 아니 천만분의 1 이라도 행하며 사는 믿음 허락하여 주시옵소서.

주님 저와 한 방을 쓰는 ♡♡ 집사님과도 주님의 끈 안에서 사랑을 나누게 하시고, 집에 있는 식구들 주님, 지켜주소서. 이곳에 인도하실 주님께 감사드립니다.

9월 29일(일)

봉화 마라의 정원에 핀 꽃들

박♡♡ 우와~~ ^^ 넘 멋져요
윤♡♡ 절로 힐링되는 자연의 아름다움~♥
이경은 네 번째 꽃을 그곳 사람들은 방아잎꽃이라 하고,
난 꽃향유라 하는데, 보기만 해도 향기가 솔솔 나는 듯

9월 29일(일)

봉화 마라의 정원

서♡♡ 넘 이뻐요. 하나님의 작품~
이경은 그라지

윤♡♡ 두 번째 사진은 우째 찍었남??
이경은 봉화에 나비가 많아 어찌하다 보니 찍혔네

10월 13일(일)

가을 소식

윤♡♡ 가을의 꽃과 열매가 어찌 이리 화사한지~~ 맘까지 밝아지네요♥

이경은 매년 가을이 오면 "오매, 올 가을 어쩌야 쓸까" 하는 맘이 들곤 했는데, 올해도 역시 이 가을을 어찌 감당해야 하나 ~~

10월 14일(월)

배초향인지 꽃향유인지

금♡♡ 내가 좋아하는 보라색 어찌 이리 아름다운가요. 정말 예쁘네요

윤♡♡ 꽃향유는 길고 곧게 생기지 않았나? 지난번 샘이 사진 올린 것 같은데~~ 야생화 전문가 같소 ㅋㅋ

봉화 마라의 정원의 보라색 꽃이 꽃향유 아니여??

김♡♡ 아름다운 노래소리 들리는 듯.

10월 16일(수)

우리방에 삼인방이 되었다. 하나님의 사랑으로 이 방을 성령으로 채워주시고 사랑으로 묶어주시기를 기도드립니다.

오늘 점심때 잠시 짜증이 났습니다. 저에게 난건지, 다른 이에게 난건지. 주님, 저에게 났다면 저의 마음을 순화시켜 주시고, 다른 사람에게 났다면 더 너그러운 마음 주시고, 그들을 더 사랑하게 하여 주시옵소서.

주님, 저의 기도가 간절함이 있습니까? 주님, 간절히 간절히 기도합니다.
주님의 영광위해 저를 사용해 주시옵소서. 저의 육체의 질병을 치료하시어 사용하여 주시옵소서.

10월 17일(목)

주님,
제가 잘못 살았습니다. 이제라도 제대로 살고자 합니다. 제 마음속의 거짓을 버리고 진심으로 나아오기, 진실로 진리대로 살기를 원하옵니다. 내 이웃이 고통당할 때에 겉으로는 동정하였지만, 마음속에는 자만심으로 가득하였습니다. 주님, 용서하여 주시옵소서.

지금도 이렇게 해야 병이 나을 거라는 이기심이 저를 기도하게 하는지도 모릅니다. 저는 ~ ~ 아직도 사람들을 보면 먼저 사랑하기보다는 계산하고, 판단할 때가 많습니다. 아직도 나의 가까운 이웃을 사랑하지 않으며 질투하고 있습니다. 주님, 이런 마음 제하여 주시옵소서.

주님,

병따위는 문제가 되지 않는 사랑 주시옵소서. 그 젊은 나이에 십자가에 ~

주님, “세상 사람들에게 아픈 것이 자존심이 상한 것이 아니라 겉으로 동정하지만 그들이 맘 자만하고 있는 모습을 인정하기 싫어서?”

주님, 저는 이런 인간입니다. 주여, 용서하여 주시옵소서. 세상 속으로 들어가겠습니다.

예수님은 신이시니까 멸시를 당연히 그러하셔야 하고, 고통을 당하시는 게 마땅하다고 그냥 지나쳤습니다.

그 젊은 나이에 그것도 그 치욕스런 십자가의 형벌을 감당하시고 죽으신 우리 예수님. 그 사랑의 1/100, 1/1000 아니 1/10000이라도 가지게 된다면 제 병은 무슨 상관이 있겠습니까. 그 마음 주세요.

10월 18일(금)

기도가 되지 않습니다. 그러나 이겨나가겠습니다. 주님, 또 일어설 수 있는 힘 허락하여 주소서. 주님, 담대함 허락하여 주시옵소서. 주님, 오늘도 주님 계심을 체험하며, 평안을 누리는 날 되게 하여 주소서.

10월 19일(토)

안식일 아침 바닷가 산책
장덕이의 모습에서 진돗개의 자태가 느껴집니다

김♡♡ 하얀 장덕이가 긴 칼 차고 어디 먼 데를 보고 있나요.
파도 달려오는 것도 외면하고 누구를 기다리나요^^
이경은 주인만 하염없이 바라보고 있답니다~
김♡♡ 주만 하염없이 바라보고 있답니다~
김♡♡ 긴 칼 차고~ㅋㅋ 표현 잼 있습니다
이경은 이크~ 장덕이 어머님 허락도 없이 사진을 올려 죄송합니다*
김♡♡ 괜찮아요, 계모거든
이경은 아~ 걱정했는데, 고맙습니다
김♡♡ ㅋㅋ노인네

안식일 아침 바닷가

10월 20일(일)

봉화산 곳곳에 무심한 듯 피어있는 네가 얼마나 이쁜지 넌 잘 모르지?

김♡♡ 글이 그냥 꽃으로 가서 시가 되었네요^^
이경은 역시 선생님 ~~ 감사합니다.

10월 20일(일)

주님,

부담이 되는 만큼 사랑으로, 질투와 시기하는 그 마음도 사랑으로 변하게 하여 주소서. 오늘을 하나님 보시기에 심히 좋은 날로 살아내게 하여 주시옵소서.

질병에 대한 두려움, 마음 아픔도 주님 사랑으로 변화시켜 주시옵소서.

사소하고 사소한 것으로부터 저를 멀리하게 하시고, 이기심 버리고 영혼을 사랑하는 마음 허락하여 주소서. 눈에 보이는 믿음이 아니라 내안에 차곡차곡 나를 채워 언제나 흔들리지 않는 담대한 믿음 허락하여 주소서.

제가 그를 위해 무엇을 하고 무엇을 구해야 하는지 지혜와 분별력도 주시옵소서. 안 좋은 환경 탓하지 말고, 최고의 환경으로 만들어가는 ☆마음 허락하여 주소서. 마음을 지키는 하루되게 도우소서.

10월 21일(월)

경은아, 부르며 나를 찾으시는 하나님, 주님, 문득 들어오는 믿음 없는 속삭임을 거부하는 힘 주소서. 창조 때의 위대한 유전자를 깨우는, 사용하지 않는 90% 유전자를 깨우면 울트라 파워가 있음과 상상치 못할 정도의 유전자를 가졌음을 알고, 안 된다 생각지 말고, 우리가 상상도 못할 능력을 주신 하나님을 신뢰하고 믿고, 오늘도 말씀 속으로 기쁨으로 사는 날 되게 하여 주소서. 의심으로부터 자유로워지고 불안감에서 벗어나 담대함으로 사는 날 되게 하여 주소서. 주님의 엄청난 파동이 저를 깨우게 해 주세요.

오신 예수님을 거절하지는 않았는지? 병에 대한 분노로 아직도 내 맘이 용서 못하고 다른 이를 미워하고 있지는 않는지? 아직도 하나님의 가치보다 물질적 가시적 세상의 가치를 가지기를 열망하고 있지는 않는지? 주님 저를 바로 보게 하여 주시옵소서.

아직도 비워지지 않습니다. 사람과의 관계를 위해 주님을 버리지 않게 하여 주소서.

10월 22일(화)

주님,
글자 몇 자 적는다고 기도가 아님을 알게 하시고, 제가 지금도 그리 병낫기 위해 믿음 있는 척하고 있습니다. 아직도 세상의 가치를 좇아 또 그것을 향해 치료의 목적을 두고 있습니다. 이런 마음, 주님, 제하여 주소서.

하나님을 알기 때문에 주님이 주시는 진리로 인해 기쁨이 넘치게 도와주소서. 그 기쁨으로 내 가슴이 벅차 세상의 것들은 시시하게 보일 수 있는 힘 주시옵소서.

저는 아직도 부부가 골프라운딩 가는 걸 부러워하며, 옷 잘 입은 예쁜 사람들을 부러워하며, 해외여행 가는 친구를 부러워하며, 건강한 친구를 부러워하며, 부러워하며, 부러워하며 ------

주님, 오직 믿음만으로 이겨내고, 그런 것들이 하찮게 보이게 주여, 믿음 더하여 주시옵소서. 주님, 오늘 하루 묵상하며 진리를 깨닫는 기쁨의 날,

몸이 가벼워지는 기쁨의 날 되게 도우소서. 오로지 주님만 나의 자랑이 되게 하소서.

10월 23일(수)

주님,

멍한 맘으로 그저 기도한다고 앉아 있습니다. 주여, 매순간 숨도 주님이 주시는 생기임을 느끼고 감사하게 하소서. 저는 할 수 없습니다. 제 맘속에는 아직도 탐심, 질투, 미움이 있습니다. 비교하며 남을 헐뜯고자 하는 본성이 있습니다. 주여, 이 마음 제하시고 주님의 마음 주소서.

10월 24일(목)

"주님의 사랑이 다가옴을 느끼는 기쁨의 날"

예수님이면 당연히 그러하셨어야 하고 그런 힘이 있다고, 예수님의 운명이라고 가볍게 넘겼습니다. 그것이 하나님이신 예수님도 견디기 힘든 고통이었음을, 힘든 일이었는지, 심장이 터지는 얼마나 마음 아픈 일이었을지 ---

주님, 주님, 주님~
33세에 십자가에서 그 고통 얼마나 ~ ~ ~
감사합니다. 그 사랑 저에게도 주시옵소서.

저를 죽기까지 사랑하신 예수님,
사랑하는 아들의 죽음까지 보셔야 했던 나의 하나님,
그 죽음 기억하시고 그 아픔으로 태어났음을 기억하고 그 사랑의 만분의 1이라도 가진 작은 자가 되게 하여 주소서.

뭐 그리 잘난 것도 없으면서 뭐 그리 사랑도 없으면서 있는 척, 가진 척 하지 말고, 가장 낮은 마음으로 주께 나오며 사람들과 함께 하게 하여 주소서. 속까지 겸손케 하여주소서. 거짓 웃음 대신 진짜 웃음을, 거짓된 말 대신 진심의 말로 내 이웃을 사랑하게 하여 주소서. 공든 탑이 순식간에 넘어진다 해도 다시 새출발할 수 있도록 예수님을 바라보며 나아갑니다.
저희들에게 예수님을 바라볼 수 있는 힘과 믿음 허락하여 주소서.

10월 26일(토)

가을

가을은
황금빛으로
얼굴을 물들여
더없이
나를
호사스럽게 하고

가을은
붉은 빛으로
가슴을 태워
나를
더없이
가난하게 하네

김♡♡ 좋은데요^^
이경은 샘 따라 해봤시유.

다♡♡ 언니~ 잘 지내시죠?
애기들 데리고 다시 갈려고 했는데 대구에 머물러 못가고 있네요~~
이경은 어지간헌 것들은 버리고 어여 오시게.

10월 26일(토)

여수의 일출

김♡♡ 여수에 있군요^^

이경은 네 여수가 좋아지네요.

김♡♡ 부장님. 여수에 계세요?

여수가 고프당~ 부장님도 보고파요^^

이경은 나도 니 보고프다~~

10월 27일(일)

우짜노~~

김♡♡ 그 한 마디가 그냥 울림 큰 시네요^^

김♡♡ 오메~ 단풍 들었네. 마삭잎 단풍 청홍으로 짙기도 하네. 내 마음도 붉어집니다.

이경은 ㅋ~ㅎ 이곳 여수는 가을이 오는지 가는지 말없이 있더니
오늘 문득 빨간 잎이 저를 흔들어 버리네요.

김♡♡ 낯익은 그림 혹시 봉화산 중간 바위 쉼터?

이경은 예 정확하게 맞습니다♡ 오늘 혼자 조용한 시간 가졌어요.

10월 27일(일)

요즘 산에 핀 꽃향유

김♡♡ 아, 꽃향유^^

10월 28일(월)

주님,
이 아침 기도하게 하시니 감사. 이기심 탐심에서 멀리하게 하시고,
♡♡ 아픈 마음 상처 치유하여 주시고,
♡♡도 그 상처에서 벗어나 둥글둥글한 돌로 다듬어 주소서.

주님, 병원에 검진받으러 가려고 합니다. 확신을 저에게 심어 주신다면 순종하는 믿음 허락하여 주소서. 아직도 믿음이 약하여 허튼 생각, 허튼 짓을 하고 있습니다.

주님, 주님이 확신을 주신다면 받아들일 수 있는 그런 믿음 허락하여 주소서. 여호와의 성전에 거하는 평안한 하루 보내도록 죄를 주장하여 주소서.

10월 29일(화)

나뭇잎 사이로 환한 햇살이 비치고, 새들은 예쁘게 노래하는 아름다운 노래가사 속, 그 곳에 들어와 있음에 행복합니다.

이 행복이, 통증으로 힘들어하는 ♡♡에게 전해지기를 기도하며, 들꽃을 꺾습니다.

♡♡를 얘기하면 나비들도 기꺼이 꽃을 내어줍니다.

♡♡가 하나님의 딸로 다시 태어나기 위해 침례를 받았습니다.

밝고 환한 모습에, 절박하고 처절한 모습에, 모두들 웃고 우느라 정신이 없었습니다. 그곳에는 하나님이 함께하셨습니다.

김♡♡ 통증 아래에다 굵은 밑줄 긋습니다.

10월 31일(목)

산 위에서 가을바다를 만났네요.

김♡♡ 와우! 멋지네^^

이경은 카메라로 멋진 풍경을 다 담을 수가 없어 안타깝네요.

윤♡♡ 철지난 바닷가~~왠지 짠한 쓸쓸한 아름다움!

이경은 여수 갈 바다는 바다가 아니고 잔잔한 호수야.

10월 31일(목)

주님 감사합니다!!

김♡♡ 놀랍고 고맙고 그렇죠?

이경은 요즘 산책길에 있는 이 아이들 땜시 황홀합니다--

우♡♡ 어디에 이 아름다운 아이들이 있을까요? *^^*

이경은 여수 봉화산에 있는 아이들인데
아마 요즘 우리나라 웬만한 산에 다 있을 겁니다.
갈에 피는 구절초, 산국화, 꽃향유~ 이름도 다 이쁘죠?

우♡♡ 오 네, 특히 꽃향유가 *^^* 여수 좋은 거 같아요 우후훗

이경은 비행기를 여수로 돌려!! 봉화산 위에 활공장 있음.

우♡♡ 우후 돌려돌려 한 번 더 가고 싶어요, 여수

김♡♡ 종이비행기 타고 가도 돼요?

이경은 네~ 샘은 종이배 타고 여수 장등해수욕장 선착장으로 오심 됩니다.

10월 31일(목)

내 속의 죄는 무엇인지 알게 하소서. 제 속에 악이 너무 많았습니다. 겉으로 평화로운 척, 아무 일 없는 척, 마음 넓은 척, 합리적인 척, 의로운 척, 괜찮은 사람인 척, 분노도, 질투도, 탐심도 사랑으로 착각하였습니다.

악한 생각으로 남의 허물을 보며 그 사람을 긍휼히 여김보다 비교하여 나는 그러지 않아야지. 잘못되면 그와 비교하여 나만의 교만에 빠져 감히 진심으로 슬퍼하지 않았습니다.

제가 진심으로 남의 고통을 나누고자 하였는가? 그곳에서도 나의 의를 나타내고자 하지는 않았는지? 그를 계기로 나를 높이는 계기로 삼는 이중적 인간이었습니다.

저의 생애는 다 나만 위한 길이었습니다. 이 불의한 생각에서 나를 돌이키게 하소서. 제 속에 악을 가지고 살았습니다. 그것들을 제하여 주시옵소서.

창조주가 아담을 지을 때 주신 그 사랑 가지고 살아가게 도와주소서.

11월 3일(일)

주님,

사랑없음을 고백합니다. 입으로는 주는 사랑 어쩌고 하지만, 댓가가 있는 곳에만 사랑이라는 이름으로 과장하여 이기심으로 무장하고 살아가고 있습니다. 주여, 주님, 사랑주세요. 사랑주세요.

조금만 낮춤을 받아도 조그만 것을 베풀 때도 상대방의 약점만 보입니다.
그 부정한 맘들이 사랑으로 바뀌게 하여 주시옵소서. 지금도 일침을 놓아 상대방을 건드려 주고 싶습니다. 참는 것이 아니라 그런 마음 제하여 주시고, 그 마음속에 사랑 채워 주시옵소서. 진정 사랑의 언어로 말하게 해 주시고, 사랑의 마음, 생각 가질 수 있도록 주여, 도와주소서.

저의 사랑 없음으로 많은 사람들에게 상처를 주었고 주고 있습니다.
아직도 나만 주목받고 나만 칭찬받고자 하는 불의함에 나를 내어놓고 있습니다. 주님, 주님.

11월 4일(월)

주님, 주님,
간절함으로 부스러기라도 주워 먹겠다는 간절함이 저에게 있었나요.
주님, 조그마한 일에도 쓸데없는 자존심으로 마음은 이글거리고.
주여, 주여,
지금 이 순간에도 어찌하면 사람들 눈에 좋게 보일까로 고민하고 있으니 ~
저에게 주님에 대한 절박한 마음 주시옵소서. 저의 병을 떨쳐버리고 맘껏 기도하며, 다른 이들을 위해 간구하는 사랑의 맘 주시옵소서.

주님,
죽음에 대한 두려움에서 벗어나고 싶습니다. 오늘을 주심에 감사하며, 열심히 사는 날 되게 하여주소서. 욕심, 탐심으로부터 자유로워지고, 좋은 파장 속에 머무르게 하여주소서.

11월 5일(화)

아주까리 열매인가요?

김♡♡ 맞아요 붉은 아주까리 적피마자 열매네요^^
하마 먹지는 마세요. 직방 설사^^

이경은 감사합니다~ 요즘 신기한 게 많네요.

윤♡♡ '아주까리 동백꽃이 제 아무리 예뻐도'~~ 노래가사??
동백꽃과는 아무 상관없는 거죠?

김♡♡ 가사의 동백은 생강나무를 말하죠. 둘 다 기름을 짜서 미용에 쓰죠. 미용기름이라는 공통점이 있어요^^

윤♡♡ 카톡의 순기능~~ 정보의 공유!!
Thank you very much.

김♡♡ 맞는 말씀^^ 정보와 정서까지 공유가 가능하죠^^

11월 6일(수)

영의 세계

눈에 보이는 세계 넘어 영의 세계가 있음을 믿고 경험하게 도와주세요.

· 미워하는 한 사람을 생각하느라 좋아하는 9명을 생각지 않음.
· 미움과 나쁜 생각을 묵상하느라 예수님을 잊어버림.

주님,
영의 생각으로 채워주소서. 아직도 육적인 생각으로 번민하고, 시기, 질투하고 이기적으로 생각하고 있습니다.

저의 저 깊은 곳에 아직도 열등감으로 항상 남과 비교하며, 주지 못하고 받고자 하는 마음, 내가 좀 편하고자 하는 맘으로 가득 차 있습니다.
주여, 제하시고, 군센 믿음 가운데 주님의 주장 따라 살고 싶습니다.
주님, 주장하여, 저를 주장하여 주옵소서. 주님, 확신을 하는 맘 주옵소서. 사랑 주옵소서. 건강도 주옵소서.

11월 7일(목)

오늘 하루 저의 입술을 다물게 하여 주시옵소서.
주님, 용서하여 주시옵소서.
주님, 오늘 저를 겸비케 하시고, 진실의 영으로 인도하소서.

11월 8일(금)

주님,

제 안에는 삭막함으로 가득합니다. 남의 고통을 바라보며 내가 아니어서 다행이라 생각하고, 항상 생각하고, 내가 가장 큰 대접을 받아야 하고, 칭찬 받아야 하고, 고질병입니다. 주님, 고침 받기를 원하나이다.

나와 맞지 않으면, 이치에 맞지 않는다 하여 사람을 물리치고, 정죄하는 그 속에서 나의 모습이 보이기에 더욱 싫어 사랑하지 못합니다. 주여, 저를 맑게 단순하게 바보가 되게 하여 주소서. 저도 따지고 분석하지 않는 순수한 마음 허락하여 주시옵소서.

11월 10일(일)

구례 압화 박물관

꽃잎, 나뭇잎, 나무줄기, 이끼, 과일, 채소 등 자연의 소재를 눌러서 말린 것들로 완성된 압화 작품들.

자연을 소재로 삼아서인지 작품들이 더할 수 없이 서정적이다.

급하지 않고 한번 긴 숨을 쉬고도 한 번 더 눌렀다 뿜어 나오는 여유로움과 빛바랜 듯한 잔잔한 색감이 마음의 평화를 준다.

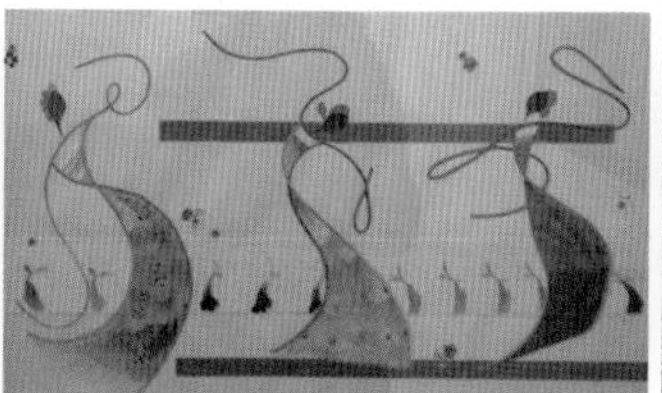
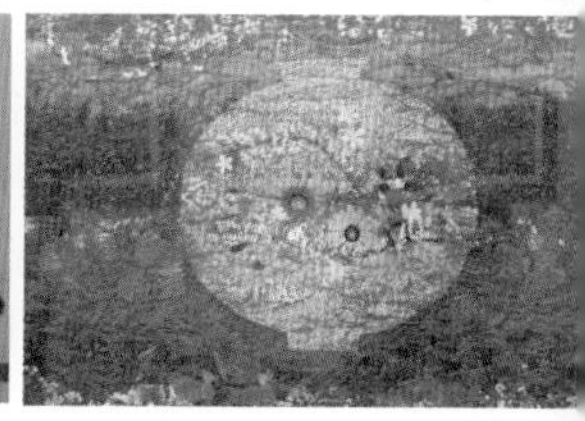

11월 10일(일)

순천 낙안읍성의 도자기 공방

조그만 도자기 화분에 담겨진 꽃들이 예뻐 이야기 나눠본다.
일부러 멋을 낸 것도, 근사한 탁자위에 올려 논 것도 아닌데~~
돌담 옆에 아무렇지도 않게 앉아있는 모습이 당당하다.

11월 13일(수)

김장김치

시누이가 여름부터 배추 심고, 파 심고, 갓 심고, 무 심어 김장한 김치를 연로하신 친정 부모님과 나눠 먹으라고 넉넉하게 보내왔다.
매년 받아 먹었던 김치인데,
그동안 그 수고와 정성을 미처 알지 못했던 무심함에 미안하고 염치가 없다.
보내준 김치 박스에 시누이의 사랑이 가득하다.
낼 엄마 가져다 드리면서 "나 시집 잘 갔지"하고 한껏 자랑해야겠다.
아가씨 넘 고마워~~~

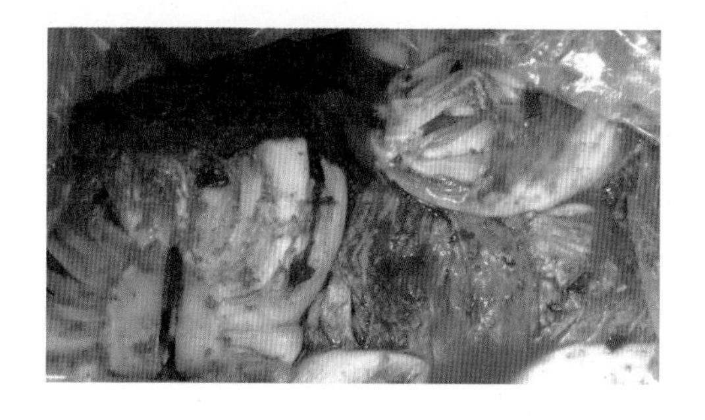

윤♡♡ 흰 쌀밥에 쭉 찢어 한 입~~ 추릅 !!
선한 기운 품고 사는 샘은 인복도 남달라~~^^

이경은 어제 받자마자 쭉 찢어 깨소금 듬뿍 넣어 고구마에 걸쳐 먹었다오.
내가 인복이 남달랐는데도 그걸 잘 모르고 살았네.
고마운 사람들이 많았다는 걸 요즘 새삼 느끼고 있어.

11월 16일(토)

서울 안산의 가을 잔치 구경하세요

김♡♡ 서울 안산?

이경은 서대문구에 있는 산인데요, 독립문 홍제동 연희동에서 올라가는 산인데요. 다양한 코스가 있습니다.
요즘 독립문 공원에서 시작되는 자락길이 만들어져 편안하게 산을 돌아볼 수 있어요.

윤♡♡ 안산의 가을색은 유별난 거 같아요. 작년도 올해도~~^^

이경은 가을 안산이 소문이 안 나서 그렇지, 웬만한 유명산보다 단풍이 멋진 것 같여~. 새로 만든 자락길 구경오쇼.

11월 16일(토)

어린아이가 되어 가을 여기저기서 찰칵

김♡♡ 정말 여기저기네요.

이경은 ㅋㅋ~네 여수요양원 동생들하고 화순, 구례, 곡성으로 소풍 다녀 왔어요.

윤♡♡ 이리 이쁘게도 사진 찍을 수 있는 중년~~ 맘들은 청춘이네요 ^^

이경은 여수 요양원에서 만난 후배 전우들이야.
거기서도 복 터져서 젊은이들이 같이 놀아줘 감사감사하고 있어.

11월 25일(월)

주님,

오늘 마음이 열리지 않았습니다. 제 머릿속의 불의한 생각들 사라지게 해 주소서. 항상 비교하고 미워하며 쉼이 없는 삶에서 돌아서게 하소서.

무엇을 하든 욕심으로 하지 말고, 즐거움으로 하게 하소서. 단점보다는 장점을 보며 기뻐하게 하여 주소서. 믿음이 어떤 위험에 있어도 주님에게 믿고 맡기는 믿음 허락하여 주시옵소서.

주님,

제가 뭔가 잘하고 있다는 착각 속에서 나와 매일매일을 되돌아 보고 겸비하게, 나아가게 하여 주시옵소서.

♡♡, ♡♡, ♡♡를 위하여 기도합니다. 꼭 이겨내 건강 되찾을 수 있도록 도와 주세요.

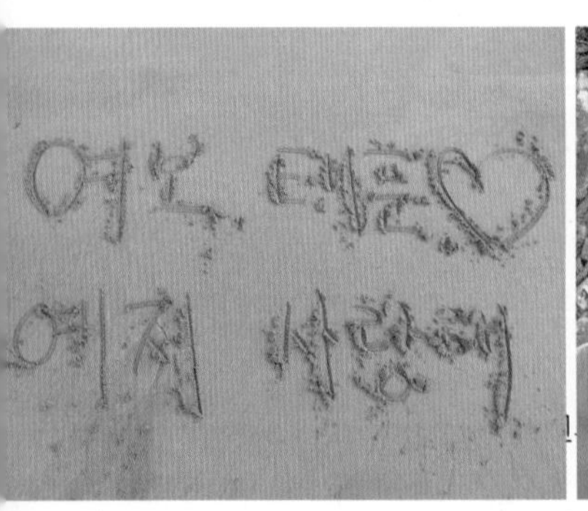

11월 26일(화)

주님,

또 오늘 하루를 주셨습니다. 감사합니다. 감사함으로 오늘 하루를 살아가게 하여 주소서. 나쁜 생각, 미워하는 마음, 갈등하는 마음 버리고, 마음에 하나님의 사랑 담고 살아가게 하여 주소서. 사랑의 맘으로 사람을 대하게 하시고, 사랑의 맘 품게 하소서.

주님,

주님, 솔직하게 하여 주시옵소서. 괴롬이나 걱정, 뭔가 찜찜함을 덮지 않고, 그 실체를 똑바로 바라보며 주님께 도움을 청하게 하여 주시옵소서.

주님께 있는 그대로의 모습으로 나아가 아뢰며, 주님의 도움을 청하는 자 되게 하여 주시옵소서. 제 마음은 추악하여 겉과 속이 다릅니다. 겉으로는 믿음 있는 척, 잘하고 있는 척, 이 '척'으로부터 자유로워지며, 겉사람과 속사람이 하나 되게 하여 주시옵소서.

주님,

오늘 누군가를 비방하는데 앞장섰습니다. 그것이 그리 잘못된 것 같지 않아 마땅한 것 같았습니다. 저에게 죄도 마감하게 하여 주세요. 주님, 마음이 깊어지게 하여 주시옵소서.

11월 27일(수)

"저는 의인이시로다"

질투와 시기와 이기심으로 가득 차 있는 내가 예수님으로 인하여 의인이 되었습니다. 예수님의 핏값으로 저는 의인이 되었습니다. 의인답게 핏값이 헛되지 않도록 나의 가치를 높여주신 주님, 값어치 있는 하루 살도록 지켜주소서. 주님의 사랑으로 따뜻해지는 하루, 이 따뜻함을 전하는 하루되게 도우소서.

주님,

저는 주님의 그리스도인이 맞습니까? 무늬만 입으로만 그리스도인이 아닌지 저를 바로 바라보게 하소서. 억지로 노력하지 않아도 다른 사람을 판단하지 않고, 넉넉한 마음으로 이해하고 사랑하게 하고, 억지로 생각하지 않아도 늘 주님과 함께함을 잊어버리지 않고, 억지로 웃지 않아도 내 마음이 항상 기쁨으로 넘치고, 억지로 말하지 않아도 감사함이 넘치는 하루하루가 되게 하소서.

다니엘처럼 하나님의 법을 지키는, 아니 순종하는 날 되게 하소서. 적당히 지키는 것이 아니라 온전히 지키는 것을 목표로 삼는 날 되게 도와주소서. 아멘.

11월 28일(목)

자랑치 않게 하여 주시고, 사소한 일을 잊어버리게 하여 주시고, 넉넉한 마음으로 바보가 되어 이러쿵저러쿵 말하는 사람이 아니라, 기도하는 사람 되게 하여 주소서. 오늘도 정한 마음 주셔서 사소한 것들로 번민치 말게 하시고, 주님 바라보며 행복한 날 되게 하소서.

11월 29일(금)

주님,
저를 바라보며 힘들어하는 사람도 있다는 사실을 깨닫지 못했습니다. 저의 행동, 말 한 마디도 다른 사람에게 힘이 되게 하시고, 마음의 불편함이나 상처가 되지 않도록 주여, 도우소서. 주님, 도우소서.

오늘도 저의 의를 버리고, 순간순간의 부정적인 것들 다 물리치는 좋은 날 되도록 도우소서. 사랑하는 가족, 환우들과 똑같은 맘 가지게 하시고,
그들도 오늘이 최고의 날이 되도록 주여, 도우소서.

11월 29일(금)

주님,
너무 연약하여
너무 의심이 많아
너무 질투심이 많아

너무 욕심이 많아
제가 괴롭습니다

주님으로
성령님 오셔서 모든 것들 불사르시고
정한 마음으로 오늘을 살게 하여 주소서
소중한 오늘
배설물 같은 육적인 일로 신경 곤두세우지 말고
주님이 주는 기쁨으로 감사함으로 하루 보내게 하여 주소서

주님,
저를 사랑하게 하여 주세요
주님을 사랑하게 하여 주세요

주님,
저는 연약할 뿐 아니라
제 마음이 이리도 악한지요
주님, 이 성품 버리게 하여 주시옵소서
저를, 저를 재창조하여 주시옵소서
무섭습니다
두렵습니다
주님,
평화의 마음, 사랑의 마음
화평의 마음으로 채워 주소서

주님,

이 아침도 살아 주님께 기도하게 하시니 감사합니다. 살아 있음에 감사드립니다. 주님, 오늘도 저는 질투하고 욕심내며 이기적인 모습이 또 나타날지도 모릅니다. 하지만 실망하거나 낙담하거나 자책하지 않겠습니다. 그 자리에서 다시 주님의 이름으로 일어나고 회개하며, 씩씩하게 나아갈 겁니다.

지금 이 순간 기도하며 떨어져 있는 가족을 생각할 때 따뜻한 마음 주심에 감사할 뿐입니다. 저를 사랑하게 하시고, 어떤 죄책감이 들지 않게 하시고, 주님이 이미 이루사 은혜의 풍성함 안에서 살아가며, 기쁜 가운데 하루를 보내게 하소서.

11월 30일(토)

아들이 찾아와 힛도에 같이 갔다. 장가 준비 이야기, 이런저런 이야기를 나누며 행복한 시간을 보내었다. 주님, 아들이 아들을 낳고 그리고 행복하게 사는 모습, 또 힘들어 할 때 위로해 줄 수 있는 시간 저에게 허락하여 주세요.

생과 사가 하루 아니 몇 초안에 이루어지는 곳에서조차 사소한 일로 속상해 하며, 다른 사람의 중심을 의심하곤 합니다. 주님, 사람보지 않고 주님 바라보게 하여주세요.

주님,

감사. 좋은 날씨, 재밌는 안식일 학교, 예배, 그리고 맛있는 빵과 고구마가 있는 점심식사, 아들과 함께 나간 바닷가, 친구들과 찬양, 즐거운 윷놀이, 남편과의 통화, 그리고 편안한 잠자리, 감사, 감사, 감사, 감사합니다.

12월 어느날

공사중.

주님, 아직도 공사중입니다. 주님께서 모퉁이돌을 주셨습니다. 이 모퉁이돌을 주춧돌로 아름다운 성전을 지어나가고 싶습니다. 주여, 도와주소서. 나 혼자 생각으로 내 의지로 하지 말게 하시고, 오직 능력을 구하고 지혜를 구하게 하여 주세요. 저는 아직 하나님밖에, 육안에 갇혀 있는 저임을 시인할 수밖에 없습니다.

주님, 주님,

저를 변화시켜 주시옵소서. 인정받고 싶어하는 마음에서 멀어지게 하시고, 혼자 주목받고 싶은 마음에서 멀어지게 하시고, 가장 먼저 있는 그대로의 나를 사랑하게 하여 주소서. 자책감과 죄책감을 회개라 착각하였습니다.

주님, 회개하는 마음 주시고, 성령의 힘으로 저를 바꿔 주소서. 매일 조금씩 예수님의 마음으로 꼴 지어 가게 하소서. 반 발자국씩 주님 품성 닮아가게 하소서.

주님,

마음의 평화 허락하여 주소서. 사랑의 생명수로 채워 주소서. 그 사랑이 넘쳐나게 하소서. 이 물로 목마르지 않게 하시고, 모든 선한 일들이 주님 안에서 성령의 힘으로 이루어지게 하소서. 맘의 평화 허락하여 주소서.

느슨한 신경줄, 예수님의 신경줄 회복시켜 주소서. 쓸데없는 자존심으로부터 자유롭게 하여 주소서. 비교하는 눈과 마음 제하시고, 오직 주님 바라보는 눈 허락하여 주소서.

주소서. 주소서. 대신, 감사 감사가 넘치는 하루 되겠습니다. 자다가 깨어 몸도 뒤척여 보고, 다른 사람에게 방해될세라 조용히 조용히 숨을 죽일 줄 아는 마음 주셔서 감사! 베개를 이 다리에 끼고 저 다리에 끼워보며, 잊혀졌던 사람 생각게 하시니 감사!

때로는 분노에 휩싸이기도 하고 부끄러운 맘으로 어휴, 어휴 하지만, 살아 있음으로 이런 고민을 하게 하시니 감사!

통증 없이 뒤척이니 이 또한 감사! 아침에 생명의 말씀과 기도로 시작하게 하시니, 감사! 감사! 주님, 감사합니다.

12월 어느 날

집에 있는 가족들 주님 함께하시고, 이곳에 몸은 있지만 아직 주님을 알지 못하는 환우분들께 오늘도 방문하여 주시고, 통증과 싸우고 있는 여러 분들, 주님 소망 주시고 힘주시기를 간구드립니다.

♡♡, ♡♡언니 주님 힘주시기를 간절히 원하오며, 오늘도 주님을 찬양

하며 이겨 나가게 하소서. 내 주변의 친구들 ♡♡, ♡♡, ♡♡, ♡♡, ♡♡ ------ 마음과 입술 주장하셔서 같이 생활할 때 서로를 상처주지 않고, 사랑으로 보듬는 사람들 되게 하소서. 이곳의 직원들, 말씀을 전하는 목사님들과도 함께 하셔서 모두가 협력하여 선을 이루도록 주님 도우소서.

주님, 무한 감사하는 날 주심에 감사하며, 예수님 이름으로 기도드렸습니다.

12월 3일(화)

겸손.

작고 작고 작은 자의 마음 허락하소서. 미래를 걱정하지 않고 오늘 나에게 건강주심을 감사하며, 맘껏 누리는 날 되게 하소서. 내 입술이, 말이, 내 행동이 다른 사람에게 좋은 파장으로 사랑의 파장으로 전해지게 하소서.

이기적인 마음, 남보다 우월하다는 맘, 세상적인 잣대로 사람을 바라보지 않게 하시고, 그리스도 안에서 사랑해야 할 기도의 대상으로 사람들을 바라보게 하여 주소서. 주님, 제가 주님께 간구드릴 것입니다. 주여, 저의 기도 들어주시고 위로의 사람 되게 하여 주소서. 쓸데없는 죄책감으로, 부족함을 바라보며 낙망하지 않겠습니다.

작고 작고 작고 작은 자임을 늘 마음에 새기며, 내 육의 죄됨을 깨닫고, 넘어지지 않게 오늘 우리를 붙들어 주시기 바랍니다. 요양병원의 환우들, 사랑 안에서 부드러움과 따뜻한 마음으로 하루 보내게 하소서.

주님,

사랑하는 가족들 아시죠. 그 마음 부족함 없이 엄마의 빈자리에서 행복을 만끽하며 사는 날 되게 하여 주소서. 주님은 모두 Happy ending임을 믿고 오늘도 웃으며 시작하겠습니다. 아멘.

姑
壇

12월 5일(목)

주님,

사랑합니다. 주님 저에게도 그 사랑 주세요. 넉넉함으로 세상을 보며 사람을 보게 하소서. 아직도 주목받고 싶은 욕망이, 그것에서 오는 행복이 큽니다.

저 정말 아무것도 아닌 사소한 것을 자랑거리로 삼고, 으스대고 싶을 때가 많습니다. 나를 나타내지 못해 오는 쓸데없는 잡념입니다.

생명 앞에 정직한 자 되게 하소서. 진정한 기도의 사람 되게 하소서.

청결한 마음과 진심어린 사랑의 눈으로 사람을 대하게 하여 주소서.

무엇을 빼앗길까, 잃을까 두려워하지 않는 바위와 같은 믿음 허락하여 주소서. 사람에게 세우는 촉각 대신에 주님께 촉을 세우는 자 되게 하소서.

오늘도 특별한 날 주셨습니다. 한 영혼이라도 깊이깊이 사랑하며 위로하는 자 되게 하소서. 작은 자, 작은 자, 작은 자의 마음으로 위로의 사람 되게 하소서. 오늘 주심에 감사드리며, 대접받기보다는 대접하는 자 되게 하소서.

우리 모두에게 주어진 특별한 날, 환우들 맘껏 누리는 날 되게 하시고,

저의 자녀, 남편에게도 이 행복의 날 사랑을 베풀며 사는 날 되게 하소서.

저의 부모님 오늘도 위로하여 주시고, 하나님 붙들고 힘차게 살아가게 하시고, 추워지는 겨울 건강 지켜 주소서. 아멘.

넘침도 아니하고 부족함으로 살아가게 하소서. 가난한 맘으로 살아가게 하소서. 자꾸 채우고 부풀려 나를 보이고자 정의로운 척하지 맙시다.

거짓 투사가 되지 맙시다. 쓸데없는 거 다 제하고 낮은 것, 부족한 것, 가난함으로 나를 채우소서. 꽹과리가 아니라 마음의 울림이 있는 징으로 만들어 주소서. 부끄러움으로 숨어버리고 싶고 의기소침해지지만, 주님, 가난한 맘으로 일어설랍니다.

주님, 힘주소서. 부끄러운 모습 자책하지 않고, 꽁꽁 동여매 보이지 않게 하지 않고, 드러내 치료받겠습니다. 치료하여 주소서. 하늘 아버지 바라보게 하시고, 계산하고 재지 않겠습니다. 저는 바보입니다. 주님, 저는 웃을 줄 아는 바보입니다. 바보가 아닌 척하면서 살지 않겠습니다. 주님.

저의 아침 기도는 참 자질구레합니다. 주님, 언제까지 저를 이 자질구레함 속에 놓아두실 겁니까. 전신갑주를 입혀 폼나게 승리하는 멋진 장군으로 만들어 주세요. 오직 그리스도 예수 안에서요. 이 자질구레함이 사라지고 마음의 실타래가 풀어지는 날을 고대하며,

〈오늘도 육을 위해, 영을 위해 먹고, 웃고, 분내고, 시기하며 포장하며〉 살아갈 때 주님 저에게 역사하셔서 사랑과 평화의 마음 찾게 도와주소서.

저는 생각 속에서만 믿었습니다. 생각을 버리고, 성령의 감동으로 살아가게 하소서. 행동하게 하소서.

12월 9일(월)

3000데나리온의 향유를 부은 마리아처럼 예수님을 사랑하게 하여 주소서.

저에 집중되어 있어서 예수님을 잊고 허공에 부르짖었습니다. 나를 위해 오늘도 살아계신 주님을 먼저 사랑할 줄 알게 하소서. 예수님은 너무 크고 강하여 나 같은 사람의 사랑따위는 필요 없는 줄 알았습니다. 주님, 나를 벗어나 사랑할 줄 아는 사랑 허락하여 주소서.

주님, 오늘도 주님과 동행하며 매순간 주님을 기억하며 사는 기쁨의 날 되게 하소서. 나를 깨어 있게 하여 주소서. 주님, 이 아침 좋은 말씀으로 하루를 시작하게 하심을 감사드리며, 최고의 날 보낼 수 있도록 올바른 선택을 하는 날 되게 도우소서.

이렇게 건강한 모습으로 깨어 기도하게 하여 주시니 감사드립니다. 2주 동안 말씀 전하시는 천 목사님, 주님 함께하시고 건강지켜 주시며, 마음의 평화 허락하여 주소서.

생명이신 하나님,

생명을 이미 주신 하나님을 신뢰하는 하루되게 하소서. 제 영이 제 몸이 그걸 알아차리고 반응하게 하여 주소서.

생명이신 우리 주 예수님,

이 말씀 가슴에 담고 사는 인생 되게 하소서. 세상의 것에 현혹되지 않도록 찰나의 저의 생각과 마음을 지켜 주소서. 생명이 아닌 것에 끌리지 않게 하여 주시고, 주님 연약함에서 담대함으로 살아가게 하여 주소서.

오늘도 나를 사랑하게 하시고, 점 하나만큼이라도 주님 품성 닮아가는 하루되게 주님, 도와주소서. 사람과 세상을 그 기쁨으로 만나게 도와주소서.

모든 것들 주님께 맡기며, 오늘을 시작합니다. 담 주까지 말씀 전하시는 천 목사님 주님, 지켜 주세요. 생명이신 하나님을 전하는 주님의 참 제자로 삼아 주시옵기를 기도드립니다.

12월 10일(수)

주님,
늘 뜨뜨미지근하였습니다. 확실한 하나님 편이 되겠습니다. 저의 삶의 기준을, 표준을 하나님 말씀에 두게 하소서. 오늘 아침도 잠깐 번민하고, 비교하였습니다. 주님, 이런 것들 버리고 알곡을 찾는 자 되게 하소서.

보여짐이나 허상에 쌓여 진짜를 잃어버리지 않게 하소서. 사람의 영광을

구치 않고 하나님의 영광을 찾는 자 되게 하소서. 오늘도 주님을 바로 알지 못해 괴로워하는 사람 찾아가셔서 위로해 주시고 알게 하소서. 마음의 이기심 버리고 탐심 버리고, 이타적인 사랑 베풀게 하시며, 지치지 않게 주님의 사랑 부어 주소서.

먹는 거로 나를 치유하려는 맘 버리고, 오로지 주님의 생명력으로 제 몸이 소생됨을 주님, 보여 주소서. 증거케 하여 주소서. 주님, 오늘도 주님이 저의 지팡이 되어 주시고, 푯대가 되는 날 되게 하소서. 아멘.

주님, 천 목사님 위해 기도드립니다. 힘 주셔서 2주간 말씀 전할 때 성령님이 함께하셔서 그 말씀이 살아있게 하소서.

주여, 아직도 정치 못한 마음, 비교하고자 하는 마음, 작은 소리에도 흔들리는 저의 마음 붙들어 주시고, 오로지 주님 생각, 깨끗한 마음으로 오늘 살아가게 하소서. 제 주변의 친구들 서로 사랑의 파장으로 서로에게 진정한 우정의 사람이 되도록 지켜 주시옵기를 간구드립니다.

12월 12일(목)

주님,
거짓 눈물, 거짓 마음 버리게 하여 주소서. 더 낮아지고 낮아지고, 작아지고 작아지게 하소서. 마음의 경계심, 내가 더 크고자 하는 마음 제하여 주소서.

저는 가룟 유다입니다. 그저 다른 이보다 더 나은 모습으로 더 좋은 모습으로 비쳐지기만을 기대하는 가롯 유다입니다. 주님께서 발을 씻기셨습니다. 주여, 저를 불쌍히 여기소서.

나의 보여지는 모습이 전부가 아닌 것처럼 다른 사람도 보여주는 모습이 전부가 아닌 걸 깨닫고, 그 마음속의 번뇌와 고통도 알아보며 사랑하게 하여 주소서. 우리 모두 연약한 인간임을 알고 불쌍히 여기는 맘 주소서. 섣불리 자랑삼지 않게 하시고 주님 바라보는 하루, 서로를 사랑하는 하루 되도록 오늘도 지켜 주소서.

오늘도 허락하신 감격 맘껏 누리며 쓸데없는 자랑질, 자만심 버리고, 예수님의 겸손 닮아가는 하루 되게 하여 주소서. 큰 감사드립니다.

12월 15일(일)

여수 이곳이, 내가 지금 있는 이곳이 천국이 되게 하여 주소서. 내 마음의 작은 것으로 인한 탐심 사라지고, 다른 사람을 진정 사랑하는 하나님의 마음 회복하게 하여 주소서. 항상 주님과 연결되어짐 속에 주님이 주신 품성 속에 살아가게 하소서. 주님, 저는 추악하고 추악하여 뽐내며, 교만하

며, 마음속으로 정죄할 때가 많습니다. 주여, 이 마음 제하여 주소서.

주님이 저를 만드실 때 넣어주신 아름다운 마음, 영성회복하여 메마르고, 강퍅해진 저, 갈라져 버린 제 마음 밭을 촉촉하게 적셔 주소서. 주님, 이 하루도 주님 형상 닮은 이로 겉모습뿐 아니라 속사람이 닮아가는 귀한 하루를 살게 하여 주소서. 아름다움으로 추함을 덮고 하나님이 주신 정신으로 살아가게 주여, 도우소서.

주님, 넓은 마음, 악을 되씹는 습관에서 저를 구원하소서. 오늘 촉촉해진 이 마음 하루 종일 간직하며 살아가게 도우소서.

12월 17일(화)

주님,

제 안에 계셔서 죄를 미워하며 죄에서 해방되게 도우소서. 진정으로 자유로워지고 싶습니다. 아직도 시기심으로 화통하지 못하고, 늘 번민하고 있습니다. 사소함으로부터 자유롭게 하여 주소서. 밥 먹을 때도, 다른 사람과 있을 때도, 제가 웃을 때조차도 자유롭지 못하고, 참 기쁨을 누리지 못하고 있습니다. 주여, 도와주소서.

저를 도우사 참 자유케 도와주소서. 전 아직도 죽음이 무섭습니다.

가족들로부터, 친구들로부터의 분리가 두렵습니다. 주님, 도와주세요.

모든 것으로부터 자유로워지도록 주여 도와주세요. 주님, 뭘 만들어 내려고, 합리화하려고 하는 가증함으로부터 저를 벗어나게 하여 주시옵소서. 세상 세파에 쫓겨 하나님을 잃어버리는 일에서 벗어나게 하여 주소서. 단

순하게, 순수하게 살게 하여 주소서.

소중한 생명 앞에서 오늘 저는 무엇을 생각하며 무엇을 하고 있습니까?
뭘 어찌해야 한다는, 이 정도는 돼야 한다는 강박증에서 벗어나 진정한 자유인이 되도록 주여, 제 맘을 움직여 주옵소서. 진정한 제 맘의 개혁이 일어나도록 주여, 도우소서. 제 맘의 커다란 개혁이 일어나도록 주여, 도와주소서.

12월 18일(수)

주님,
이 아침 정한 마음으로 기도합니다. 이 마음 사람을 만날 때, 하루를 살아갈 때 잊지 않고 유지할 수 있도록 주님, 도우소서. 예수님을 통하여 하나님을 만날 수 있다고 합니다. 주님, 예수님 바라보는 인생되게 하소서.

마음속의 쓸데없는 번민, 사람을 바라보는 한심한 일이랑 그만두게 하소서. 사람들의 평판을 두려워하며 가식적인 행동 그만 두게 주여, 제 생각과 마음을 지켜 주소서. 지금 이 순간에도 사람에게 어찌 비쳐질지 좀더 좋은 모습으로 비쳐지길 바라는 인간적인 모습이 있습니다. 주여, 이 마음 제하시고, 주만 바라보며 살아가게 저의 눈과 생각과 마음을 주님께 고정시키게 주여, 도우소서. 연약하고, 약하고 약한 저임을 제가 아옵니다.

주님,
주여, 주님도 다 아시옵니다. 오늘 점 하나 만큼이라도 주님과 가까이 가는 날 되게 축복하여 주시옵소서. 네 이웃을 내 몸과 같이 사랑하는 마음 솟아나게 하소서. 온갖 가식과 탐심으로부터 자유로워지며 살아나가는 날 되게 도우소서. 긍휼의 마음 허락하소서.

예수님을 알아가는 기쁨이, 감사가 넘쳐나게 도우소서. 그것이 제 최고의 기쁨이 될 수 있도록 도와주소서. 믿음 있는 척하지 않게 도우소서. 그저 이기심 버린, 욕심 버린 오로지 인간을 사랑하며 사는 날 주여, 허락하소서.
주님이 아니시면 아무것도 아님을 알고 있습니다. 주여, 저에게 믿음 허락하소서. 주님, 오늘 주님의 품안에서 날개를 활짝 펴고 맘껏 비행하며, 그 기쁨을 누리는 날 되겠사오니, 주여, 도와주소서. 아멘.

주님의 율법이 나의 심중에 돌판이 되어 새겨지게 하소서. 저는 아직도 괴롭습니다. 아직도 탐심이 남아 있고 믿음이 연약합니다.

마음속의 쓸데없는 번민,
사람을 바라보는 한심한 일이랑 그만두게 하소서.

주님,

진정으로 자유로워지고 싶습니다. 주님, 아무런 거리낌 없이 사람들을 만나며, 주님이 주신 율법의 모습으로 자유로워지고 싶습니다. 누구를 만나든, 어디에 있든, 무슨 말을 하건, 듣건, 허허할 수 있는 자유로움 허락하여 주소서. 작은 일에 신경 곤두세우며, 이리 재고 저리 재고 ~ ~.

주님, 이런 일에서 벗어날 수 있도록 주님, 저를 도우소서.

주님의 율법이 속박이 아니라 저를 풀어주는, 해방시켜 주는 참 자유가 되게 하여 주소서. 인내하고, 인내하고 제가 참는 것이 아니라 저절로 그리되게 주여, 도우소서. 비교하며, 질투하며 제 마음을 괴롭히고 있습니다. 주여, 제하여 주소서. 주님의 모습에 저를 비추어보는 날 되게 해 주소서. 가식적인 행동에서 저를 끊어 주시옵소서. 주여, 도와주세요.

12월 19일(목)

우리에게 맞는 하나님을 만들어 놓고 어리석게 살고 있습니다. 만들어 놓은 하나님이 아니라 창조주인, 태초부터 계신 우리 하나님을 바로 알고, 바로 믿게 하소서. 용서를 매일 구합니다. 다른 사람을 인정하며, 나도 자신을 용서하며, 사는 삶 되도록 주님 도와주세요. 어디에서나 언제나 마음의 평안 주시고, 그 상황을 긍정적으로 받아들일 수 있는 넓은 마음 허락하여 주소서.

주님,

쓸데없는 객기와 보여짐을 위한, 선한 마음 있는 척하는 척병 버리고,

진실과 순수한 맘으로 하루를 살아갈 수 있도록 도우소서. 아침의 기도

의 마음, 하루 종일 간직하며 하루를 살 수 있도록 주님, 도와주소서.

사람과의 관계에서도 회피하거나 무시하지 않아도 보는 모든 이들에게 웃음과 사랑의 파장을 보내는 날 되게 주님, 도우소서. 기도가 또 헛되어 어제와 같은 날 되지 않고, 더 넉넉해지고 평안을 누리는 날 되게 도우소서.

주님,
날씨가 추운 듯합니다. 오늘 감기 걸리지 않고, 자연계 속에서 주님을 발견하며, 주님의 음성을 좇아 살아가게 주님, 도와주소서. 저는 할 수 없습니다. 번민도 용서도 주님의 것이니, 주여, 이루게 하여 주소서.

많은 이들이 얘기하듯이 정말 어느 날 사람들을 대할 때 환한 웃음이 절로 나올 수 있도록 주님, 도우소서. 어쭙잖은 폼내는 일에서 해방될 수 있도록 주님, 도와주소서. 저를 잠잠케 하여 주소서. 잠잠케 주여, 도우소서.

나를 진정으로 사랑하며 사는 날 이루다 언니 기도와 하나님 일할 때 자신을 버리고 오직 주님의 의로 쓰임 받을 수 있도록 주여, 도우시고,
남편하고 같이 살 수 있도록 주님, 도우소서.

12월 23일(월)

새로운 주간이 시작되었습니다. 함께 하여 주소서. 주님의 지혜 허락하소서. 예수님의 맘 허락하여 주소서. 아직도 제 맘속의 쟁투는 계속되고 있습니다. 긍정과 부정, 미움과 용서, 질투와 허용, ------ 교만과 겸손.

주님, 진리가 승리할 수 있도록 주님, 도와주세요. 품성 닮아가게 주님, 도우소서. 저는 아무것도 할 수 없습니다. 주여, 주관하셔서 저를 맡기는 지혜 주셔서 주님의 힘으로, 주님의 손으로 붙들어 주소서.

어수선함에서 벗어나 질서를 찾으며, 진정으로 겸손한 맘, 하나님과의 교제에서 참 기쁨을 누릴 줄 아는 사람 되게 하소서. 사소함에 염려하지 않으며, 살아갈 수 있도록 주님의 마음 허락하여 주소서. 주님, 새털같이 가벼워진 맘과 몸으로 오늘을 살아가게 도우소서. 이기심 버리고, 이타심 주님, 허락 주시옵기를 간구드립니다.

추운 겨울 환우들 마음만은 따뜻하게 보내게 하시고, 저의 마음을 필요로 하는 이에게 맘을 줄 줄 아는 사람 되게 하소서. 이 시간 울고 기도하는 분의 기도 들어 주시고, 그 마음의 소원 이뤄주소서. 오늘도 화목하며, 사랑하며, 베푸는 날 되게 도우소서.

12월 27일(금)

주님,

저는 열등감으로 가득 차 있습니다. 다른 사람보다 더 튀고 싶어 하고, 주목받고 싶어 가식적으로 저를 보이려 하고 있습니다. 이제는 그만하기 원합니다.

하나님이 주신 성령의 충만함으로, 예수님이 계신 성전의 자긍심으로,

그 누구보다도 자부심을 가지며, 하나님을 바라보며 살겠습니다. 주님, 그리 되게 하여 주소서.

주님, 내 처지 상황의 중요함, 합리화 대신 하나님을 바라보며, 나의 가치를 높여가게, 흔들리지 않게 탐심 버릴 수 있도록 도우소서. 비교하거나 남의 마음을 떠보는 비열한 짓에서 멀어지게 주여, 도와주소서.

참 자유의 바다에서 살게 하시고, 내 주변의 친구들에게 나의 나타남보다는 기도로 말씀으로 그들을 위로하게 도와주소서.

너무 친하다는 이유로 진정으로 사랑하지 않았습니다. 늘 비교하며 비판하며 비꼬는 맘 많았습니다. 주여, 이런 것에서부터 자유로워질 수 있도록 도우소서. 남들이 어떠한지 살피는 일도 그만두게 하시고, 오로지 주님 바라보며, 아름다운 성전을 지어나가며, 제 사랑의 직분 감당하게 하소서.

사람을 떠나 살지 않으면서도 구별되게 하여 주시옵소서. 주님, 저는 못합니다. 주님께서 강권하여 주세요.

오늘 나♡♡ 선생 올케와 통화합니다. 주님의 사랑 전할 수 있도록 도와주세요. 주님과의 대화를 사소한 말들이랑 제 귀에 들어오지 않도록 주님 도와주소서. 제가 하는 것이 아니라 주님께서 그리 되도록 주여, 강권하여 주소서. 참 평안을 얻을 수 있도록 주님, 도와주소서. 주님께 기도하는 시간이 꿀같이 답니다.

주님, 제가 너무 부족하고 누더기 같은 마음이지만, 주님께서 저에게 새옷으로 입혀주시고, 찰나라도 부정적이며 남을 핍박하는 일을 멈추게 하여 주소서.

12월 27일(금)

겨울 지리산을 안고 왔습니다.
산이 나를 안아 주는지
내가 산을 안았는지
서로 안고 안기고--

이♡♡ 세 여인이 대형 눈트리에 파묻혀 있는 것 같아요. 너무 좋아 보이네요.

이경은 ♡♡씨 김장 끝내고 온다더니 소식이 없네.

김♡♡ 눈 덮힌 돌탑이 인상적입니다^^

이경은 노고단 위에 쌓아놓은 돌탑이 얼음탑이 되어 있더라구요.

나♡♡ 멋져요. 눈에는 시원함으로 그득 채우고
마음에는 뿌듯함으로 그득하고
몸은 개운함으로 그득하고 ·· 좋아요.

이경은 그래~ 겨울에 지리산을 다 가보고 감사할 뿐~~

나♡♡ 겨울산행 쉽지 않은데 ·· 부럽부럽

윤♡♡ 지리산 산행~~ 버킷리스트였는데 올해도 그냥 보내는데 샘 사진에서 대리 만족~~ 멋집니다^^

12월 28일(토)

여수 봉화산에서
바람과 하늘과 바다와 그리고 사랑하는 이들과 함께
감사합니다.

김♡♡ 너무 좋아 보여서 고맙습니다^^

이경은 제주에 계신가요?
사랑과 응원에 감사드립니다.

윤♡♡ 샘의 밝은 모습, 예지의 참한 모습~~ 저도 감사합니다.

이경은 명퇴 후 우리가 그리던 바로 그 모습을 몸소 보여주는 그대를 보면서 행복했었네♡ 땡큐~*

문♡♡ 은샘 만수무강하시는군! ㅎㅎ 딸도 왔네. ㅎㅎ

12월 30일(월)

예수님,

딸과 함께 이곳에서 보냅니다. 딸을 보내주셔서 감사합니다. 예배에 참석하여 그 마음이 변화되게 하시고, 서로 깊은 사랑의 교제를 나누는 시간 되도록 주여, 도와주소서.

내 입에서 세상적인 자랑이 나가지 않게 하시고, 남의 자랑을 들어주며 같이 기뻐하는 사랑의 맘 주소서. 내가 하는 대신 '주님이'가 절로 나오는 날 되게 도우소서. 이 정한 마음 예수님을 닮고자 하는 이 마음 간직한 채 하루를 살게 하소서. 이 기쁜 하루 주심에 감사드립니다.

2014년 이야기

나의 투병에 가장 큰 버팀목인 나의 딸 예지
예지야, 너를 사랑한다

2014년 암이 준 선물

1월 2일(목)

주님,

오늘 하루 정하고 선한 맘으로 엽니다. 이 맘 하루 종일 지켜 주소서.

목과 옆구리가 아픕니다. 주님, 저의 생활이 어느 부문에 무절제하였나 봅니다. 주여, 다시금 주님의 지혜 구하여 나을 수 있도록 겸비하겠습니다.

도와 주소서.

딸과 함께 지내게 해 주셔서 감사합니다. 우리 딸, 주님, 언제나 붙들어 주시고 지켜 주세요. 가끔 힘들고, 어려운 일이 있을지라도 주님의 이끄심 따라 이겨내고, 더 멋진 더 예수님 닮은 모습으로 살아가게 하소서. 주님께 이 딸을 온전히 맡기는 믿음도 허락하여 주소서.

저희 아들과 남편 그리고 며느리가 될 지현이 오늘 하루도 지켜 주시고,

맘을 지켜 세상 것들의 욕심에서 벗어나 참된 것을 좇아가는 사람들 되게 하소서.

주님,

오늘도 주님의 생명을 구합니다. 주님의 생명이 나를 소생케 하고, 나를 웃게 하고 나를 깨워 주소서. 작은 흔들림, 사소한 말 한 마디에 넘어지지 않고, 주님의 사랑의 맘을 간절하게 주어 도와 주소서. 아무도 어떤 일에도 사람을 평가하지 않게 하시고, 그 모양 그대로 봐줄 수 있는 아량을 허락해 주소서.

주님,

이 모양으로 주님께 간구드릴 수 있음에, 또 깨어 오늘도 예배와 기도로 하루 시작할 수 있음에, 딸과 함께 하루를 주심에 감사 감사 감사드리며,

허리 아픈 ♡♡이 이 고비 잘 넘기고 믿음 굳세지며, 꼭 치유될 수 있도록 주님, 도와 주소서.

주님,

부처님은 행복하기 위해 탐심, 어리석음을 버리라 하셨습니다. 어리석음은 사랑하지 않을 것을 사랑하는 것이고, 미워하는 사람이 없어야 한다고 했습니다.

주님, 제 힘으로는 행복해질 수 없습니다. 주님이시여, 저를 도우소서. 주님과 깊은 교제하고 싶습니다. 오늘도 제 마음속에 얼마나 많은 미움과 분노, 갈등, 순간순간의 부정적 생각으로 괴로워야 하는지 주어, 저를 도우소서.

온전히 선한 마음, 사랑의 마음으로 채워 주세요.

어제는 ♡♡ 생각으로 번민하였습니다. 주님, ♡♡ 두려워하지 않고 담대하게 그리고 주님과 가까워져 결국은 전화위복의 복을 누리게 하여 주소서.

주님, 오늘도 기도하게 하여 주소서. 제 생각이 저의 발걸음이 기도가 되게 하소서. 사소한 것들에 아예 신경 쓰지 않게 하시고, 주님, 저에게 주님 마음 허락하소서. 아버지 아시죠. 진짜 닮고 싶습니다. 허공에 피상적으로 주님께 외치는 것 그만두겠습니다.

주여, 제 안에 늘 계시므로 주님과 대화하며, 주님에게 나의 모든 허물과 죄악을 내보이며 동행하겠습니다. 저를 고쳐 주소서. 저를 치료하여 주소서.

마음의 잘못된 것들 고쳐주소서.

주님, 과연 제가 잘하고 있습니까. 겉으로의 모습으로 평가하지 마시고, 저의 속사람까지 주님, 바꾸어주소서.

주님은 아십니다. 오늘 밥 먹을 때, 방에 들어섰을 때, 운동을 할 때, 성경 공부를 할 때 언제나 저와 함께 하셔야 합니다. 잘못된 점이 있으면 알려주셔야 합니다.

1월 7일(화)

주님,

제가 멍합니다. 머리가 하얗습니다. 성령님이 근심하는 일에서 멀어지게 하소서.

주님, 저 때문에 지금 근심하고 계신가요? 주님, 제가 알고 있다고요? 네, 주님. 알면서도 옛 습관이, 저의 미련함이 그걸 버리지 못하고 따라가고 있습니다. 주님, 끊기를 원하오며, 오늘 이 말씀 가슴에 새겨 성령님이 근심하는 일에서 멀어지는 하루 되겠습니다.

아직도 주님의 자녀로 당당함이 부족합니다. 아직도 사소함에서 벗어나지 못하고 있습니다. 아직도 조급한 마음 있습니다.

주님,

천천히 아주 천천히 여유로움과 평화 가운데에서 주님과 함께 가겠습니다.

주님이 함께 하심으로 제 마음이 기쁩니다. 잡다하고 사소함을 버리고, 단순하고 맑은 영혼 가지게 주여, 도우소서. 세상의 모든 것들이 다 아름답게 보이고 느끼게 하여 주소서. 내 눈에 이기적인 모습이 보일 때 살기 위한 아름다운 몸짓으로 보일 수 있도록 주님, 함께 하여 주소서. 천천히 그러나 쫓기지 않고 살 수 있도록 주님, 함께 하여 주시옵기를 간구드립니다.

1월 8일(수)

주님,

주님의 비밀 다 알 수 없습니다. 그러나 그 크고 깊이가 깊은 주님의 비밀 속에 거하고 싶습니다. 제가 아무것도 모르고 살던 어린 시절 부모님을 믿고 살았던 것처럼 절대자의 비밀을 알려고 하지 말고, 그냥 따르게 도와주소서.

그저 그 속에 잠겨 살아가게 도와 주소서.

주님,

그저 나를 나타내고, 잘 보이고, 칭찬받는 일에 급급하여 너무 서둘러 사느라 알맹이는 빼놓고 살았습니다. 진정 감사해야 할 것을 당연하게 생각하고 살았습니다. 주님, 감사하며, 여유롭게 살게 해주소서. 물을 그리 마시면서도 그저 의무감에 먹어야 하니까 꾸역꾸역 먹었습니다. 남편은 내 남편이니까 당연히 내편이라고 생각했습니다. 자식들도 내 자식이니까 신경 안 써도 내편이라고 생각했습니다.

주여, 너무나 감사한 것 투성이었는데, 그냥 지나치고 살았습니다. 주여, 주여, 감사하게 하소서.

1월 9일(목)

감사하는 삶

주님은 아십니다. 주님, 제가 이래도 되는지 ~. 저의 생활을 점검하겠습니다.

예배시간도 늦고, 허둥대고 있습니다. 주님 안에서 평화의 질서를 찾아가겠습니다. 주님이 주시는 평화 속에서 여유로움을 가지고 주님과 동행하는 하루 주소서.

나의 도움이 필요한 곳에 억지로 해서가 아니라 기뻐하는 맘으로 실천할 수 있도록 주여, 도우소서. 속사람이 진정으로 주님 닮고 싶습니다. 속사람을 정직과 진실함으로 하나님 닮게 하여 주소서. 건성으로 사람들을 대하지 않고, 사랑과 감사의 맘으로 그들을 대하게 주여, 도우소서.

오늘 하루 주님과 동행하며, 아름다운 생각과 맘으로 가득하게 하여 주시기를 간구드리며.

여행 중인 딸, 감사하는 하루
직장에 있는 아들, 성실함과 감사함으로
저의 남편, 오늘도 주님과 함께하는 귀한 날 되게 하여 주소서.
주님, 믿음의 확신, 치유의 확신 속에 살아가게 도우소서.

1월 10일(금)

주님,

주님을 알면서도 저는 따르지 못하고 있습니다. 나의 못된 자아, 쓸데없는 자존심, 주여, 버리게 하여 주소서, 버리게 하여 주소서. 주님, 그 얄팍하고 알량한 인간의 말 한마디에 나는 넘어집니다. 주여, 강하게 부드러운 마음 허락하여 주소서.

주님,

어찌하오리까, 어찌하오리까, 이 못남을 어찌하오리까, 이 얄팍함을 어찌하오리까. 이 무지함을, 이 한없이 이기적인, 한없이 좁아터진, 사소함에 마음의 평화가 무너지는, 쓸데없는 소유욕을, 주님, 버리게 하여 주소서.

작은 일에 시기하며 질투하고 있습니다. 주님, 사소함으로 마음의 격동이 일지 않게 주님, 도와 주소서. 없는 걸 가지고 싶어하지 않게 하소서. 있는 척하지 않게 하소서.

모르는 걸 아는 척. 달라지게 하여 주소서. 변화를 주시옵소서. 저는 적당히 병났기 위해 주님을 따르기로 했습니다. 이제는 진정한 평화를 원합니다.

세상의 쓸데없는 것으로 격동하지 않고, 오로지 주님의 말씀만으로 나를 격동시킬 수 있도록 저를 변화시켜 주시옵소서.

저의 이 기도마저도 병을 낫기 위한, 너무나 이기적인, 너무나 이기적인 기도임을 깨닫게 하시니 감사합니다. 주여, 이 마음마저도 버리고, 대접받고자 하는 마음, 내 자식들이 대접받아야 한다는 생각 버리게 도와 주소서.

1월 13일(월)

주님은 우리를 살리시기 위해 저의 유전자속에 생명의 신비함을 넣어 주셨습니다. 깊이 묵상하여 주님의 사랑의 메시지를 깨닫고, 받아들이는 하루 되게 하소서.

순간순간 이기심, 탐심으로 나를 힘들게 할 때마다 주님께 무릎 꿇고 기도하게 하여 주소서. 아직도 깨어지지 않은 나의 자아 버리고, 주님 속까지 겸비와 겸손을 갖춘 주님의 사람으로 살게 하소서.

태초에 주신 하나님의 깊고도 깊고 깊은 사랑의 생명의 뜻을 따라 감사함과 감동으로 사는 날들 되게 도우소서. 천하보다도 온 우주보다도 귀한 생명의 기로에 선 이 병원에서 너무도 사소함으로 번민하고 있습니다.

이것들로부터 벗어나 선한 자유의지를 이용하는 참된 그리스도인이 될 수 있도록 주여, 도와 주소서. 내 몸에 깊이 새겨진, 선한 것을 찾고자 하는 주님의 뜻, 아름다움을 찾고자 하는 주님의 뜻, 변하지 않는 진리를 찾고자 하는 주님의 뜻 '찾아' 오늘을 살게 하소서. 그 기쁨으로 온 몸이 반응하고 생명이 깨어나는 오늘 하루 허락하여 주소서.

부정적, 세상적 욕심 버리는 순한 날 되게 저의 자유의지를 사용할 수 있도록 도우소서. 감사와 기쁨이 그리고 무릎 꿇고, 기도하는 오늘 하루 허락하시기를 간구드리며. 아멘.

기도하는 이 시간, 평안을 주시니 감사합니다. 이 평안 오늘 하루 누릴 수 있도록 도우소서. 주님, 감사합니다. 감사합니다.

1월 14일(화)

돌에 깨어져 죽게 하시고, 말씀으로 재창조되는 날 되게 머리만 커지는 신앙대신 순종하여 팔과 다리가 든든해지는 신앙 갖게 허락하시고, 나의 자아가 티끌이 되게 하소서. 아픔 속에서 재창조를 위한 티끌이 되도록 주여, 도우소서. 주님께 죽도록 순종하게 하소서. 말씀의 힘으로 일어나게 도우소서. 오직 말씀에 순종하게 도우소서.

1월 15일(수)

주님의 장막속에 거하게 하소서. 세상소리에서, 사람들의 소리에서 멀어지고, 주님의 음성을 듣게 하여 주소서. 모든 잡다한 것으로부터 벗어나게 하시고, 마음의 쓰레기 몽땅 버리고, 가볍게 살게 하여 주소서.

1월 16일(목)

어젯밤 깊은 잠을 못잔 듯합니다. 눈도 피곤합니다. 주님, 어깨도 아픕니다.

주님, 걱정하지 않습니다. 가뿐한 맘으로 살 수 있도록 지혜 주소서. 저는 겉과 속이 다르며, 사소한 일로 이기적이며, 탐심으로 똘똘 뭉쳐 있습니다.

주여, 이기심과 분노로 주님을 잊어버리고 살 때도 있습니다. 기도하게 하여 주소서. 하나님을 깊이 알며 죽음도 초월하게 하여 주소서. 주님, 주님, 주님, 주님.

보여지는 이미지만을 추구하지 않고, 속까지 그리스도인이 되게 하소서.

주님안에 푹 잠겨 빨래하는 일, 먹는 일, 누구랑 먹는가 등등이 사소하게 보이게 도우소서. 주님의 사랑의 눈으로 보게 하소서.

1월 20일(월)

주님, 제 힘으로 변화하고자 용쓰고 있었습니다. 주님과 함께 주님의 힘으로 변화하는 마음 주셔서, 말씀 주셔서 감사합니다.

주님, 저 너무 미련하고 이기적이고 한심한 존재임을 매일 느끼고 살고 있습니다. 주님, 모든 것 주님께 맡기는 하루 되게 하시고, 만나는 이들을 위해 기도하는 하루 되게 하시고, 작은 일 사소한 일로 갈등하여 미워하며 분노하지 않게 하소서. 하나님과 동행하는 아름다운 하루 살게 하소서.

동행에 이기심, 시기심 모두 버리고 사는 날 되게 도우소서.

새로운 피조물로 오늘을 살게 하소서. 기쁨이 넘치는, 감사가 넘치는 날 되게 하소서. 아픈 이들에게 소망의 하루가 되게 은총 내려 주소서.

1월 22일(수)

주님,

왜 이렇게 저의 마음속엔 사랑이 없고 삭막한지요. 주여, 주여, 주여, 고통받고 있는 이들에게 진실되고 믿음직한 친구가 되어 주고 싶습니다.

주여, 제 마음의 성령의 비를 내려 주소서. 누가 뭐라든 그 말 한 마디에 불끈하는 사소함에서 자유로워지게 하소서. 지금도 이상주의를 꿈꾸고 있습니다. 주님, 거짓 버리고, 있는 그대로를 인정하고 받아들이게 도와 주소서. 제 마음은 항상 투쟁으로 가득 차 있습니다. 투쟁을 평화로 바꾸어 주소서.

오늘도 병원의 직원분들 사랑으로 채워주시고, 사랑받는 환우들 마음도 평화롭게 하시고, 특히 육체의 통증으로 고통받고 있는 환우들 주님, 도우소서. ♡♡, ♡♡, ♡♡ 그리고 교장선생님 모두들 하루 지켜주소서.

1월 23일(목)

주님, 주님, 나의 주님, 주님, 주님만 부릅니다. 주여, 도우소서, 도우소서.

생사를 놓고 기도할 때는 사소함에 집착하는 너무나 한심한 저입니다.

주님, 주님, 주님, 저좀 어찌하여 주시옵소서. 주님 저를 어찌하여 주옵소서.

저는 할 수 없습니다. 성령님이여, 오셔서 저를 어찌하여 주옵소서.

무너져 내리는 저의 마음을 보고 계시죠. 주여, 붙들어 주옵소서. 친구가 울고 있습니다. 주님, 주님, 주님, 저희에게 소망 주시옵고 위로하여 주옵소서. 제 마음이 너무 아픕니다. 주님, 어루만져 주시고, 주님, 간절히 원하옵건데 낫게 하여 주시옵소서. 주여, 주여, 주여.

믿고 싶지만 믿지 못하고 있는 ♡♡ 언니 하나님 만나게 하여 주시옵소서.

주님, 제 마음에 쓸데없는 번민 사라지게 하시고, 오로지 성령님만이 저를 주장하게 하여 주소서. 다른 이들의 이목에서 벗어나도록 주여, 도우소서.

이 시간 오로지 주님에게 집중하게 도우소서.

1월 24일(금)

주님, 아직도 제 맘속엔 교만함과 대접받고자 하는 마음, 우쭐대고 싶은 마음, 사람에게 잘 보이고 싶은 마음으로 가득 차 있습니다. 주여, 주님만 바라보며 이런 것들에서 자유로워지게 하여 주소서. 주님, 진정 주님의 사람이 되고 싶습니다. 마음 깊은 곳까지 주님의 사람이 되고 싶으니 도와 주소서.

주님, 주님,

제 입에서 나오는 말 한 마디, 제 머릿속의 생각 주님께서 지켜 주소서.

사탕발림의 말이 아니고 진정으로 사랑에서 나오는 말 할 수 있도록 많이 알고 있는 척하지 않게 하시고, 다른 사람에게 직 · 간접으로 나쁜 영향을 주는 말 하지 않게 도우소서.

주님,

가슴에 통증이 있습니다. 그 때 그 때 주님께서 지켜주소서. ♡♡가 어려움 중에 있습니다. 주여, 두려워하지 말고 담대하게 자신의 병을 바라보게 하시고, 간절히 원하옵건대 낫게 하여 주소서.

♡♡, ♡♡, ♡♡ 맘에 주님의 사랑 심어 주시고, 서로 진정으로 사랑하게 하소서. 세상의 거짓 사랑 말고 예수님의 사랑 하게 하여 주소서. 질병으로 고통받는 우리의 환우들, 오늘도 붙들어 주시고, 서울 간 안♡♡ 교장님, 주님 함께 하셔서 어려운 일 다 이겨내고, 다시 만나게 하여 주소서.

이 아침에 주시는 주님의 평안에 감사드리며, 정한 마음으로 기도하게 하시니 감사합니다. 이 평화, 이 감사가 그대로 전해지고 지켜지는 하루 되게 하소서.

1월 27일(월)

"우리는 큰 자여서 교만한 것이 아니라 작은 자여서 열등감이 자꾸 나를 거짓 교만하게 만든다." 나의 얄팍함이 나의 모자람이 탄로날까봐 아님 나중에 실망할까봐 나는 미리 자존심으로 또는 교만한 마음으로 나에게 방어막을 만들어 놓는다.

주님,
그 방어막을 제하여 주소서. 있는 그대로의 얼굴과 어깨에 힘 빼고, 모자람으로 얄팍함으로 다른 이들에게 위로가 되게 하여 주소서. 주님, 주님, 주님, 저에게 결점들이 있습니다. 남의 자랑을 들어 줄 수 있는 여유 주소서. 인정하는 선한 맘 주소서.

매일의 삶이 평화 가운데 주님이 주시는 아름다움을 보게 하소서. 하나님이 만드신 땅과 바다와 해와 별과 달들과 온갖 새들과 짐승들과 식물을 바라보면서, 주여, 평화를 누리게 하여 주소서. 에덴의 평화를 누리게 하시고, 주님의 생명 에너지를 받아 소생케 하소서.

오늘 배♡♡ 서울로 갑니다. 그의 가정과 앞길, 무엇보다도 병 고침을 받아 하나님께 영광 돌릴 수 있도록 주여, 도와 주소서. ♡♡ 힘들어 하고 있습니다. 그의 부모님의 애절한 기도, 주님, 들어 주시고, 그 사랑의 에너지로 다시 일어나게 하여 주소서. 온갖 세상의 소리 대신 침례 요한의 외치는 소리에 귀 기울이는 저희되게 하소서.

통증으로 고통받고 있는 환우들 주님, 만져 주시고, 치유의 기쁨 누리는 축복 허락하여 주소서. 만지면 부서질 것 같은 연약한 몸으로 살기 위해 버

매일의 삶이 평화 가운데
주님이 주시는 아름다움을 보게 하소서.

티고 있습니다. 주님, 도와 주소서.

죽음과 맞서고 있는 암 환자들 불쌍히 여겨 주소서. 주님의 딸 ♡♡, 주님, 인간의 힘으로는 어찌할 수 없습니다. 주님, 도와 주소서. 그 막막함에서 벗어나 주님의 빛으로 나아오게 하여 주시옵소서. 무거운 짐들 주님께 맡기고, 새털처럼 나는 ♡♡되게 도우소서.

♡♡ 오늘 검사하러 갑니다. 주님, 좋은 결과 접하는 기쁨의 하루 되도록 도와주세요. 주님, 오늘은 기도가 깁니다. 방안에서 어떤 소리, 어떤 행동에서도 제 마음속에 거부감이 없도록, 주님, 도와주세요. 요한의 겸손의 마음 닮아가게 도와 주소서.

오늘 하루 주심 감사드리며, 오늘도 승리하는 하루 되게 도와주실 걸 믿습니다.

1월 28일(화)

주님,

주님에게 좋은 모습을 보이기보다 사람들에게 좋은 모습으로 비쳐지기를 얼마나 갈망하고 살았는지------. 주여, 주님을 기다리며 무화과나무 밑에 있던 나다니엘처럼 되게 하여 주소서. 맹목적 믿음이 아니라 믿음의 목적이 있는 무모하지 않은 부드럽고 선한 믿음 허락하소서.

사닥다리 되어 주신 예수님, 그 사닥다리가 되기 위해 인성으로 오셔서 아픔을 겪으신 예수님, 그 예수님의 마음, 티끌만큼이라도 갖게 하여 주소서.

주여, 주여, 주여, 주님만 부릅니다.

주님, 주님, 주님, 주님, 주님,

가식과 쓸데없는 생각 버리고, 무화과 나무아래 기도하는 나다니엘처럼 주님만 의식하며 사는 평안한 인생 허락하여 주소서.

속까지 변화되는 어느 상황에서도 주님의 미워하지도 분노하지도 않는, 그 품성 닮아 가도록 주여, 함께 하소서. 오늘의 통증이나 아픔도 주님의 십자가를 보며 위로받는 날 되게 하소서. 주님, 병원의 환자들 아시죠? 주님, 꼭 지켜 그 마음을 지켜주소서.

2월 7일(금)

주님,

기도도 주님께서 지혜의 영감을 얻어 하게 하소서. 저는 아무것도 아닙니다. 주님 앞에 겸손하게 하소서. 움켜쥐었던 모든 것을 놓고자 합니다. 주여, 펴고자 합니다. 주님께서 주님께서 하여 주시옵소서. 주님께서 되게 하여 주시옵소서.

기도도 주님께서 지혜의 영감을 얻어 하게 하소서.

주님, 아직도 아직도 많이 이기적입니다. 아직도 아직도 나를 나타내고자 발버둥치고 있습니다. 주님, 어찌하오리까. 언제 어떤 일이 있을지 한 치 앞도 모르는 제가 무엇을 계획하고 있습니까. 주여, 가난한 맘으로 주님께 기도 드립니다.

아들 결혼을 앞두고 있습니다. 주님, 한없이 그들의 행복을 기원하며 축복하게 하여 주소서. 그들을 진정으로 사랑하게 도우소서. 그 일정 중에서 주님 함께 하셔서 오로지 주님만 드러나게 주님, 요청드립니다. 주님, 주님, 사랑합니다. 주님이 아닌 일에서부터 남과 사람으로부터 멀어지게 도와 주소서. 주님, 제 주변의 귀한 친구들 맘 다치지 않게 하시고, 주님의 사랑의 모습으로 살아가게 하소서.

2월 10일(월)

저의 기도는 염려와 근심과 의심의 기도였습니다. 주님의 광활하고 깊은 세계를 나의 좁은 시야로 다 판단하고 결정하고 그렇게 살았습니다.

주님, 주님의 능력 믿고 간구하며 행동하는 제가 되게 하여 주소서. 그 일을 할 수 있는 힘 허락하여 주소서. 주님, 감사합니다. 조금씩 조금씩 깨닫게 하시니 감사합니다. 주님은 오늘 천하를 저에게 주셨습니다. 제가 비록 받을만한 그릇이 아닐지라도 받을 수 있는 사람 되게 해 달라고 주님께 간구합니다.

주님, 우주보다도 더 큰 주님을 제가 안는 기쁨 주셔서 감사합니다. 생각을 바꾸고자 하는 마음 주셔서 감사합니다. 주님의 약속 믿고 살아보기로 작정합니다. 안될 때에 주님을 부르짖으며 나아가겠습니다. 주님, 함께 하심을 선택하는 저 되게, 가까이 계시는 주님을 밀쳐내지 않는 저 되도록 주님, 도우소서.

오늘 우주보다 더 큰 주님을 제 가슴에 품고 사는 이 기쁨을 한없이 감사하며, 기뻐하는 축제의 날 되게 하소서. 아멘.

2월 11일(화)

주님,
하늘문을 여신 것처럼 나의 마음의 문도 열게 도와 주소서. 가장 가까이에 있는 사람들조차도 여러 이기심으로 사랑하지 못한다면 어찌 주님의 사랑을 이야기하겠습니까. 주여, 도와 주소서.

맘속이 이기심과 질투심으로 가득하오니 주여, 제하여 주소서. 주님, 육신의 아픔으로가 아니라 영생을 얻는 기쁨이 크게 하여 주소서. 하나님을 믿으며 칭의와 성화의 경험이 크게 하여 주소서.

2월 어느 날

병원 어디선가 외로움에 슬퍼하는 영혼들 있으면 위로하여 주시옵소서.
그 외로움 속에서 주님을 만나는 축복 내려주소서.

그들을 위해 기도하게 하소서. 그리고 그 기도가 위로가 되어 모든 이들의 행복한 날 되게 하소서.

아멘.

2월 14일(금)

아버지,

아버지라 부르게 하시니 감사합니다. 또 인간적인 외적인 보여짐에 내가 집착하지 않고, 그것보다 열배 아니 백배 주님과의 만남을 기뻐하게 하소서.

그리고 이 시간 이렇게 주님과 함께 하니 기쁘고 감사합니다. 주님, 감사합니다.

주님을 만난 이 기쁜 맘, 오늘 이후 살아가는 힘 되게 하여 주소서. 주님, 감사합니다. 오늘 지금 구원받은 기쁨의 날, 최고의 날임을 깨닫게 하시니 감사합니다. 살 집을 계약하러 간 저의 아들, 주님, 지켜 주시고, 즐거움으로 결혼준비 잘 하게 하여 주시옵소서.

주님, 원하옵건데 오늘 힘든 이에게 저의 아주 작은 말 한마디, 행동 하나가 하나님의 사랑을 전하는 도구가 되게 하여 주소서. 오늘 ♡♡를 위해 기도하는 시간을 갖게 도와 주시옵소서. 주여, 도와 주소서.

오늘 제 삶이 온전히 주님께 드리는 예배가 되게 하여 주옵소서. 주, 나의 아버지여, 이기심 제하여 주옵소서.

2월 15일(토)

올림픽의 메달을 위해 절제의 노고가 있듯이 하물며 생명 앞에서 지금 나는 무엇을 절제하고 무엇을 향해 가고 있는가? 무슨 생각을 하고 있는가?

아버지, 아버지~, 힘을 주소서. 성령으로 덧입혀 주소서. 죽어가고 있는 저에게 무덤에서 꺼내시어 생기를 불어넣어 주시기를 원합니다. 핏줄을 붙이시고, 살을 붙여 나를 살리시겠다는 주님 말씀을 믿으며, 오늘도 그 기쁨으로 살아나겠습니다. 아멘.

2월 16일(일)

힘이 센 강자가 되게 해 달라고 기도했습니다.
그러나 약자가 되게 하시어, 겸손히 순종하는 법을 배우게 하셨습니다.

부자가 되어 행복하게 살게 해 달라고 기도했습니다.
그러나, 가난한 사람으로 지혜롭게 인생을 살도록 해 주셨습니다.

권력있는 강자로 사람들의 찬사를 들으며 살게 해 달라고 기도했습니다.
그러나 약한 자가 되게 하시어 하나님을 의지하는 신앙인으로 살게 해주셨습니다.

인생을 마음껏 즐길 수 있는 모든 것을 다 달라고 기도했습니다.
그러나 모든 것을 즐기고 감사할 수 있는 생명을 주셨습니다.

내가 하나님께 간구한 것은 아무것도 받은 것이 없습니다.
그러나 마음속으로 희망했던 것은 모두 받았습니다.

-강영우 박사의 유고작 "내 눈에는 희망이 보였다" 중에서-

윤♡♡ 일욜 아침 한 편의 시로 내 자신을 성찰할 수 있는 지혜를 주심에 감사합니다.

이경은 자기의 일욜아침 분당의 만보 걷기도 요즘 식상해진 산책코스에 새로운 기운을 불어 넣어 줬어** 고맙네

김재호 강영우 박사를 지켜준 큰 힘의 원천을 느끼게 해 주네요

이경은 네 감사합니다♡♡

이♡♡ 생명의 끈을 알게 해주는 글이네. 항상 일상생활에 소중함을 알기에 우리는 하나님 은혜를 받아 항상 기도하며 최선을 다 하는 하루 보낼 겁니다. 감사합니다~~

이경은 제주도 잘 다녀오셨나요?

박♡♡ 그분이 우리 하나님! 우리 아빠 아버지 이십니다!!!
할렐루야~

이경은 그래 그런 아버지가 계셔 참~~~~~ 좋겠다

2월 17일(월)

나의 하나님 아버지,

아버지, 저의 못난 모습 알고 계시죠. 주님, 벗어나고 싶습니다. 주님, 누에고치에서나마 영혼이 자유로워지고 싶습니다. 모든 것으로부터는 아니어도 이곳에서 다른 사람을 인정하고 있는 모습 그대로를 사랑하며 살게 하여 주소서.

주님, 주님,

온통 제 주변은 감사할 일뿐인데, 왜 이렇게 그 감사를 누리지 못하고 깨닫지 못하고 있는지요. 주님 진정으로 마음 속 깊이 감사합니다. 오늘 저는 감사의 제목들을 써보겠습니다.

저녁에 잘 수 있도록 통증 없이 잘 잘 수 있어서, 좋은 남편, 좋은 자녀 주셔서, 아직도 부모님이 살아계셔서, 이곳에서 좋은 친구를 만나게 하셔서, 그리고 이 아침 예배로 하루 시작하게 하시고, 또 맛있는 아침이 기다리고

있으며, 아름다운 산으로 운동할 수 있으며, 맘껏 하나님을 찬양할 수 있으니, 기도하는 이 시간이 평화로 넘치게 도와 주소서.

주님, 겉으로 사람에게 보여주기 위해 제 마음은 산만합니다. 모두 버리게 도와 주소서. 깊은 속까지 주님의 사랑을 받아들이는 저 되게 도와주세요.

아버지, 진정으로 아버지께 구하는 자 되게 도우소서. 온화한 마음 진정 겸손해지는 아버지 마음 허락하여 주시옵소서. 오늘도 이쁜 하루, 맘이 이쁜 하루 허락하여 주소서.

2월 19일(수)

보라 빛 노란 빛 하얀 빛의 꽃이었을 텐데~.
화려함은 다 빠지고 하얀 껍질만 남아있는 모습이
꼭 우리 엄마의 모습 같아 한참을 들여다 보았습니다.
또 다른 아름다움이 마음을 흔드네요.
누군가에게 모든 걸 다 내어주고 이런 모습으로 늙어가고 싶습니다.

김♡♡ 아니 되옵니다^^

이경은 서울에 계신가요? 색깔 바라지 않게 노력하겠습니다
"이거 한번 써봐"하는 선생님 목소리가 들리는데 잘 안 되네요

김♡♡ 네 서울입니다^^ 꼭 쓰시기를^^

변♡♡ 아름다운 경은씨 마음을 본 것 같아 마음 · 뭉클 가슴이 싸아 해오네요— 이런 걸 보면서 우리가 성숙해지고 돌아보게 되나 봐요. 산자락 오르내리면서 감상에 빠질… 그래서 얻는 게 많을 그대가 그립습니다.

이경은 세월이 빠른 듯하면서도 어느 때는 아직도 내가 55밖에 안됐네 하는 생각이 들 때도 있습니다. 여튼 지금은 아픔이 저를 조금이나마 철들게 해줘서 감사하고 있습니다.
고래서 언니도 만나고~~~

이♡♡ 그래도 아름답습니다.
화려한 시간이 지나고, 나눔이 끝난 모습이기에 더욱 아름답고, 가슴이 따뜻해져 옵니다.

이경은 실장님 반갑습니다♡♡ 보고 싶네요~*

이♡♡ 실장님이 아니예요. 전 봉사자였었는데. 긴 머리, 알프스 소녀… 기억하시죠?

이경은 당근 알죠♡♡ 설악산도 같이 걸었잖아요.
카스가 거의 요리여서 요리사 실장님인 줄 알았어요.

나♡♡ 다 내어주고도 견고하게 감동과 아름다움을 지닐 수 있다면 참 좋겠어

이경은 그러게. 그리 내어줄 수 있는 것이 있음에 또한 내어 줄 대상이 있음에 감사할 뿐

나♡♡ 어느 글에서 사람은 사람이 없어도 사랑이 없어도 안 된다는 말을 보고 끄덕였는데 같은 얘기네. 인간의 굴레? 업? ㅎ

윤♡♡ 감동. 애 아빠랑 식사 한 번하자

이경은 고래 지금 여수야. 서울 가면 아님 해산물 사장님 여수 한 번 오시던지]

박♡♡ (2014년 11월 27일) 이 꽃을 기억합니다~
사크러진 꽃 한 송이에서 언니와의 추억이 떠오릅니다.
언제나 그 맑은 미소로 저의 마음 한자리를 채우고 계신 사랑하는 언니, 이젠~
다시 만날 기쁨의 그날을 가슴 설레이며 기다립니다~~

2월 19일(수)

주님,

영적인 간음 속에 오늘도 살고 있습니다. 오로지 주님만 섬기겠다고 입술로 떠들고 있지만, 마음으로는 아직도 나를 너무 사랑합니다. 사람들을 더 두려워하고 평판을 두려워하고 있습니다. 주여, 그럼에도 주님은 끝까지 기다려 주심을 믿고 간구드립니다. 제 마음에서 하나님을 믿는 당당함으로 나아가게 하시되, 겸손과 겸비함으로 나아가게 도와주소서.

주님, 오늘도 살아 주님도 예배하고 기도하니 행복합니다. 감사드립니다. 주여, 우리의 맘속에 서로 사랑하며 화합하게 하여 주소서. 내가 형편이 나아지면 맘속의 미움이 사라지고, 아님 미움으로 가득차는 요동치는 마음을 잔잔하게 하소서. 이런 더러운 죄에게 사랑을 주신 것처럼 사람들을 있는 그대로 인정하며 사랑하게 도와 주소서.

쓸데없는 탐색과 이기심 질투심으로부터 자유로워질 수 있도록 주님, 도우소서. 아침에 주시는 이 평화의 마음이 온종일 저와 함께 하게 하여 주소서. 밤이 불편하신 분, 몸의 통증으로 고생하는 환자들, 주님께서 위로하시고 마음이 무너지지 않게 하시고, 다시 일어나게 주여, 도와 주소서.

도와 주소서. 그들이 성령님을 찾아 동행할 수 있도록 주여, 도우소서.

2월 20일(목)

한량없는 주님의 은혜. 기다리시는 주님, 지금 저는 어디에 있습니까? 저는 지금만이라도 온전히 주님만 바라보고, 저에게 주시는 성령님의 평안함 가운데 있겠습니다.

음성을 듣고자 합니다. 주여, 저의 주님, 마음을 열고 귀를 주님께 향하게 하여 주시옵소서. 주님, 잡생각이 자꾸 들어 기도가 안 됩니다. 주여, 저의 모든 오감을 모두 주님께 향하여 세미한 음성을 듣고자 합니다. 주여, 도우소서. 주여, 들어오소서.

주님, 아버지, 아버지,

너무 많이 아파 잠 못잔 ♡♡ ♡♡ 그리고 통증있는 환자들 아시죠.

그들에게 오셔서 그들이 문밖에 서 있는 예수님을 그만 기다리게 하여 주시옵소서. 하나님이 내미시고 계신 손 붙들고 비록 몸은 아프지만 그 영혼만은 주님께 향하게 주님 도와 주소서. ♡♡언니 복잡한 일속에 있습니다. 믿음 가지고 해결할 수 있도록 도와 주소서.

주님, 그저 감정적으로 피상적으로 주님을 믿지 않게 하시고 저의 뼈속 깊이 주님을 새기게 도와 주소서. 외향적인 모습에 이제 더 이상 신경 쓰지 않게 도우시고 제 불의한 생각으로부터 저를 구하소서. 돌이키게 도우소서. 기도하며 찬양함이 나를 드러내기 위함이었습니다. 주여, 더 주님을 의지하고 나를 버리게 도우소서. 주님, 도우소서. 오늘도 나를 버리는 날 되게 하여 주소서.

2월 21일(금)

진짜 사랑이신 우리 주님,

의인 대신 죄인을 부르러 오신 멋진 우리 예수님, 그런 하나님이 있어 감사하고 감사합니다. 주님, 이 감사의 벅찬 마음으로 하루를 살게 하소서.

의인 대신 죄인을 부르러 오신 주님, 감사합니다. 주님, 감사합니다.

주님,

이런 주님을, 아 이런 주님을 알게 하시니 감사합니다. 저를 부르러 오신 주님, 감사합니다. 항상 착한 딸, 착한 엄마, 착한 사람, 성실한 사람, 책임지는 사람의 칭찬 속에 맘속으로는 많은 죄를 지었습니다. 주여.

2월 23일(일)

주님, 아버지 안에서 진정한 쉼을 얻을 수 있도록 도와 주소서. 제 마음의 산란함 아시죠. 그 산란함의 원인들을 제하여 주시옵소서. 주여, 아버지, 아버지, 제 마음에 주님을 아는데 합당치 않은 것이 있다면 아버지, 제하게 하여 주소서. 저에게 제할 수 있는 결단과 힘, 마음 생기게 주여, 능력 주시옵소서.

주님 안에서 진정한 쉼을 얻고자 합니다. 허락하여 주소서. 이 시간 이 기도 시간만이라도 여호수아의 갈렙이 되게 하소서. 완전 무장해제하고 주님의 품에서 묵상하는 시간 되도록 도와 주소서. 오늘 하루 주님께 감사가 넘치며, 이 아침의 감동으로 살게 하시고, 주님, 아시죠. 523호의 홍♡♡, 그리고 강♡♡언니 복수가 차 힘들어 하고 있습니다. 도움의 손길 붙잡게 하여 주시고, 주님 원하건대, 주님과 사랑으로 아무것도 보이지 않는 열정의 날 되게 해 주세요. 예수님, 사랑합니다. 아멘.

주님, 목사님의 설교가 잘 들어오지 않습니다. 어떤 곳에서든지 주님의 보화를 찾을 수 있는 믿음 허락하여 주시옵소서. 주님, 제가 가고 있는 이 길이 옳은 길인가요? 잘못 가고 있다면 주님 수정하여 주시옵소서.

아버지, 나의 아버지,

때로는 외롭고, 또 이기적이며 그저 사람 눈에 잘 보이기 위해 겉치레로 나마저도 속일 때가 있습니다. 주여, 조금이라도 주님의 마음 품게 하여 주소서. 아버지, 간절히 간절히 원하옵니다. 주여, 나의 맘의 주인이 되시어 저를 주장하여 주시옵소서. 가식뿐인 나의 삶을 진짜로 만들어 주시옵소서.

아버지, 아버지, 나의 아버지, 하루도 탄식이 그치지 않으니, 주여, 용서하시고, 주님, 함께 하심으로 이 탄식이 기쁨의 노래가 되도록 아버지 속 깊은 데까지 진짜 진리를 새겨 그리 살게 하여 주시옵소서.

어쭙잖은 교만으로 어쭙잖은 나의 생각으로 어쭙잖게 살지 않도록 내버려 두지 마시옵소서. 오늘 귀한 날 주셨습니다.

정한 맘으로 사랑하며 살게 하여 주소서. 주님이 힘으로 당당하게 살아가게 하소서. 그 당당함이 교만이 아니고 사랑이게 하여 주소서.

지나간 시간, 잘못된 삶은 뒤로하여 뭔가 억울해 하는 맘 있다면 그것도 사랑으로 변하게 하여 주소서. 주님 또 하루를 허락하셨습니다. 그렇게 갈망하던 깨끗한 하루를 주셨습니다. 감사합니다.

주님,

나의 작은 일상들을 통해 주님을 만나기 원합니다. 주님을 만나기 위해 주님, 이쁜 맘 온유한 맘으로 오늘을 시작하겠습니다. 오늘 조용히 주님과

나의 작은 일상들을 통해 주님을 만나기 원합니다.

동행하며 정한 맘으로 살아가겠습니다. 또 주님이 주실 내일을 기대하면서요. 아름다운 몸짓, 말, 겉으로가 아니라 맘속 깊이에서 나오게 하여 주소서. 가식이 아닌 진실로 살 수 있게 하시고, 솔직하게 진솔하게 사랑을 나누는 일에 인색하지 않게 하소서.

주님,

주님의 사랑을 실천하는 데에도 이리 재고 저리 재고 자존심을 내세울 때가 많습니다. 주여, 그리하지 않게 하소서. 주님, 어떤 이를 바라보며 '저 사람은 너무 늦었어' 할 때가 있습니다. 이 생각 버리고 될 수 있다는 확신 가지고 기도하게 하여 주시옵소서.

2월 27(목)

하나님, 당신은 저에게 어떤 의미이며 어떤 분으로 여기고 있었는지요?

주님 보이지 않으므로, 제가 아무렇게나 편하게 만들어 놓고 필요할 때만 꺼내 쓰는 요술방망이로 여기지는 않았는지요. 아버지, 아버지, 아버지, 그걸 믿음으로 가장한 채 허상을 믿고 있지는 않는지요. 주님, 살아계심.

항상 계시는 거룩한 하나님을 경험하게 하시고 깨닫게 주여, 도와 주소서.

마음 속 깊은 곳에서 솟아나는 기쁨과 감사를 하나님께 돌리는 믿음 허락하여 주시옵소서.

주님, 피상을 넘어 실체를 붙잡게 하시고, 진정성으로 주여, 마음을 채우소서.

보여주기 위한 신앙하지 않도록 주여, 도우소서.

주님, 저는 왜 이 모양일까요. 왜 더 가까이 다가가지 못하고 더 솔직하지 못하고 주님 주위만 돌고 있을까요. 주님, 연합하게 도와 주소서. 오로지 주님이 주시는 사람으로 만족할 줄 하는 그 기쁨이 커 세상 것들을 버릴 수 있는 믿음, 주님, 주소서.

이제는 머리로 주님을 이해하려고 하지 말고, 주님 안에서 조건 없이 이유 없이 거하는 자 되게 하여 주소서. 어린아이가 되게 하여 주소서. 각종 잡생각에서 벗어나 단순한 사람이 되게 하여 주소서.

오늘 주님의 평화 가운데 머무는 날 되게 도우시고, 나쁜 마음 들어올 때 빠지지 않고 거부하는 날 되게 하시고, 어떤 상황에서도 긍정과 사랑의 맘으로 대처할 수 있는 능력 주소서. 주님, 불쌍한 저 어찌할 수 없는 가식덩

어리 저 주님, 바꾸어 주소서.

참된 진리를 아는 기쁨과 평화 허락하여 주시고, 그리고 그런 맘이라도 먹게 가식에서 벗어나고자 하는 맘 갖게 해주시고, 화장실에 가 소변을 누게 해 주시고, 이렇게 기도할 수 있고, 먹을 수 있고, 오늘을 기대하며, 좋은 가정, 좋은 친구, 그리고 멋진 바다, 멋진 날씨, 행복을 꿈꾸는 멋진 생각 주시니, 주님, 감사합니다.

2월 28일(금)

자아를 버리게 하여 주소서. 새로운 삶이 시작되는 날 되게 하여 주시옵소서.

주님, 옛 것을 버리고, 하나님의 사람으로 오늘 거듭나게 도와 주소서.

남편이 직장을 그만두게 되었습니다. 미처 깨닫지 못했었는데, 남편의 직장생활이 저의 교만이었던 것 같습니다. 주여, 더 겸비하여 나아오게 하소서. 성실하던 저의 남편, 실망감 없이 진정 감사하는 마음으로 유종의 미 거둘 수 있도록 위로하여 주시옵소서.

저도 욕심이나 어떤 계산 없이 받아들일 수 있으며, 이제는 우리 부부의 삶이 하나님과 더 가까워지며, 그 사업에 쓰임 받는 그런 삶이 되도록 인도하여 주시옵소서. 둘이 하나님 안에서 더욱 사랑하며 작은 자들에게 작은 도움이 됨을 감사하며 사는 삶 되게 도우소서. 사람을 보며 실망치 않게 도와 주소서.

주님,

단순하게 받아들이고 단순하게 살게 도우소서. ♡♡ 오빠 부인과 그 가족을 위해 기도드립니다. 서로 화목하게 하시고 ♡♡ 주님, 꼭 다시 일으켜 주소서. ♡♡, ♡♡, ♡♡ 언니 그 순수함 잊지 않고 꼭 회복되는 기쁨 누릴 수 있도록 주여, 도와 주소서.

가식 속에서 남과 비교하지 않으며, 다른 이들에게 위로가 되는 삶 살아갈 수 있도록 주여, 도우소서. 주님께 간구하며 저의 푯대가 오로지 주님이 되어 주시기를 간구드리며. 예수님의 이름으로 기도드립니다. 아멘.

주님, 저에게 묻습니다. 하나님 아버지께서 고쳐주심을 확신하는가? 아버지시여, 당신은 저를 고칠 수 있음에 확신합니다. 아버지가 딸의 나음을 기뻐하실 줄 확신합니다. 아버지, 감사합니다. 주님이 함께 하심으로 저는 나아갈 수 있습니다. 제 마음의 변화가 있는 새로운 날 되게 하소서.

3월 1일(토)

봄

오늘 여수에는

봄비가
속삭이듯
조용히
찾아왔습니다

숲속은
손님맞이로
난리가 났습니다

6.25때 난리는
난리도
아니었습니다

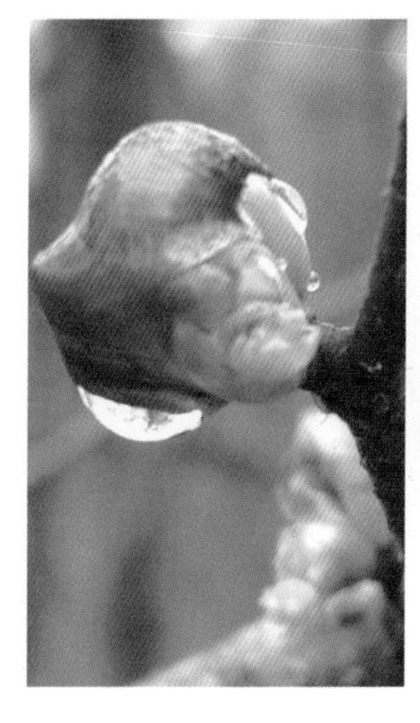

김♡♡ 난리도 아닌 난리가 봄이었군요.

이경은 네, 제가 들어갔다가 붙들려 집에도 못 올 뻔 했습니다.

이♡♡ 어쩜 이렇게도 사진을 잘 찍을 수가~
생명이 마구마구 삐어져 나오네요
걷잡을 수 없는 기세로. 오! 주여!!!!!!

이경은 언니 진~ 짜 경이롭지 그지?

김재호 생명이 우리에게 주는 감동에 감사합니다♡♡

이경은 저도요~~

김♡♡ 와. 사진에서 싱그러움이 느껴져요^^ 붙들려 못 나올 뻔했다는 말씀에서 부장님다운 향기를 느끼고 갑니다.
저는 낼 새로운 30명의 악동들을 맞으며 진짜 봄의 시작을 열 것 같네요^^

이경은 ㅋ~ㅎ 맞아 진짜 난리가 나는 곳 깜박했네. 그립다~~
봄맞이 잘하시고 2014도 파이팅.

참♡♡ 난리다 못해 아우성을 치내요. 햇살과 꽃과 향기로.~^^

3월 3일(월)

'어려움만큼 더 큰 축복을 주시는 하나님'

주님, 약속하셨습니다. 저의 암이 사람들은 고통이라 생각하지만 주님께서는 더 큰 축복으로 바꾸어 주실 것을 믿습니다. 그것을 깨닫는 것은 저의 몫이겠죠. 주님, 지혜 주시고, 주님의 말씀 안에서 찾게 하여 주소서.

흡족하리라 하신 말씀처럼 진정으로 하나님으로 인해 흡족함을 맛보게 하시고, 하나님이면 모든 것을 놓을 수 있는 믿음 허락하여 주시옵소서.

그 흡족함을 맛보고 싶습니다. 하나님을 앎으로 세상 다른 일들은 다 사소하게 보이게 하시고, 너그럽게 하여 주시옵소서.

저의 입술에서 나오는 말이 제 머리의 생각들이 주님의 품성 안에서 이루어지게 도우소서. 항상 겸비와 겸손으로 나를 바라보게 하시고, 사랑에서 다른 사람을 바라보게 하소서.

주님,

오늘 몸 상태가 조금 안 좋습니다. 주님을 찬양하며, 주님을 전하는 일에 쓰임 받을 수 있도록 고통 없는 하루 주옵소서. 제가 가지고 있는 죄성, 그리고 살면서 받은 상처들, 주님, 치유하여 주옵소서.

오, 주님,

오늘도 날이 밝았습니다. 온전히 누리는 날 되게 하소서. 하나님의 사랑 듬뿍 받아 생명이 넘치는 날 되게 하시고. 통증으로 또 생명 앞에서 괴로운 영혼들 주님, 찾게 하소서. 주님께 감사드리며, 아멘.

주님과 보낼 오늘이 벅차고 기대됩니다. 진정으로 행복한 날 되게 하소서.

날씨가 너무 좋다. 오늘은 장등마을을 산책하였다. 매화꽃도 보고, 할아버지가 씌우는 비닐포 씌우는 것도 도와 드리고, 햇빛도 충분히 쐬고
행복한 하루다.

내 배에 살이 붙은 것 같다. 배 살찌는 게 소원이었는데, 배가 불러오니 혹시 복수가 아닌가 걱정 되기도~~~. ㅋ-ㅎ 못 말린다. 감사합니다.

오늘도 따뜻한 태양과 다정한 남편으로부터의 전화, 점심의 맛있는 된장찌개------, 헤아리기 힘든 감사함에 감사.
Good night.

3월 4일(화)

다 보여주신 예수님,
끝까지 사랑하시는 하나님,

끝까지 사랑하시는 우리 하나님 아버지,
죽을 각오를 하고 회개하는 니느웨인들처럼 깊은 회개가 있는 날 되게 하여 주소서. 거짓 기도 아닌 진정으로 드리는 기도할 수 있도록 주님, 도와 주소서. 저는 지금 무얼 두려워하고 무엇을 숨기고 있는지요.

주님은 아십니다.
저의 깊은 곳에 들어와 빛으로 비추어 환하게 주님의 따스함으로 그것들을 녹여 주시옵소서. 주님, 거짓투성이인 가식투성이인 저, 진정으로 주님을 따르게 하여 주옵소서. 세상 사람이 저 사람이 저만큼 하니까 나도 저만큼만이 아니라 하나님께 주님의 음성에 귀 기울이게 주여, 도와 주소서.

주님, 주님,
저의 귀는, 저의 눈은, 저의 생각은 주님께 고정되어 그 소리에 민감하게 도와 주소서. 주님, 세상의 바스락거리는 소리에는 민감하면서 왜 주님의 소리는 외면하고 있는지요? 주여, 도와 주소서. 주님, 도와 주소서. 불쌍한 저를 도우소서.

주님,
이제는 슬픔의 눈물이 아닌 감사의 눈물 흘리는 저 되게 도와 주소서. 조건 없이 믿는 믿음 가질 수 있도록 저를 깨우쳐 주시옵소서. 저의 남편 김재호 함께하시고, 그를 남편으로 또는 어머니로 감싸 안을 수 있는 포근한

맘 허락하소서. 한결같이 같이 해준 남편에게 감사, 감사드립니다. 이제야 깨달았습니다. 어린아이처럼 철없이만 살았습니다. 당연히 그럴 줄 알았습니다.

주님,

잠은 비록 잘 못 잤지만 어제 아팠던 통증은 사라진 좋은 날입니다.

감사합니다. 주님, 오늘 하루도 다른 사람을 이해하며 미운 마음 없이 살 수 있도록 도우소서.

3월 5일(수)

주님, 죄인들을 사랑하시는 주님, 오늘도 죄악에서 돌아오는 우리를 보시며 기뻐하시는 주님, 이런 주님이 너무 좋습니다. 이 좋은 맘으로 하루를 살 수 있도록 도와 주소서.

제 기도가 중구난방입니다.

오늘도 많은 죄인들마저도 큰 사랑으로 감싸 안으시는 주님 품에서 주님 사랑의 부스러기만큼이라도 그 사랑을 실천하며 살겠습니다. 주님, 도와 주소서. 인간적 욕심이 날 때 빨리 돌이킬 수 있도록 도우소서.

성령님, 찾아오셔서 저도 기도하게 도와 주소서. 성령님, 저의 마음과 생각을 주장하여 주시옵소서. 주여, 평화를 허락하여 주소서.

3월 6일(목)

처음 이 곳에 왔을 때 그 마음을 찾아 오로지 주님과 함께함으로 마음의 평화를 얻을 수 있도록 도와 주소서. 하나님만으로는 왜 이리 감당 못할 일들로 맘 상하고 혼자 끙끙대는지요. 아직도 사람들에게 내가 보여질 모습에 연연해하고 있습니다. 주여, 이것에서 부디 떠나 진정한 나 하나님 앞에 당당한 제가 되도록 주님, 도와 주소서.

주님,

육신의 질병, 특히 무서운 암이 주는 무의식 속의 두려움이 있나 봅니다.

좋을 때는 한없이 들뜨고 교만해졌다가 조금이라도 안 좋으면 금방 두려워지고, 주님, 평정심 가운데 하루하루를 살게 하여 주소서. 하나님의 운행하심으로 산과 들의 생명체들은 다시 꿈틀거리며, 우리들에게 경이로움과 살아계심을 보여주고 계십니다. 지금 이곳의 주님의 운행으로 제가 평화롭습니다. 이 평화 오늘 하루 종일 지킬 수 있도록 주여, 도와 주소서.

오늘은 최대한 말 적게 하고, 겸손한 맘으로 주님과 소통하는 날로 삼겠습니다. 인위적인 소신이 아니라 주님과의 대화를 위해 성령님께서 오늘 저의 혀를, 생각을 지켜 주시옵소서. 기도의 시간이 저의 치료의 시간이 되도록 주여, 도우소서.

너는 왜 더 살기를 원하는가? 주님, 인간이 더 오래 살고 싶은 건 당연한 거 아닌가요? 또 사람들에게 나 이렇게 살았노라 자랑하고, 지금까지 번 돈 멋들어지게 써보고 ~. 그리고 저의 남편 홀아비되는 거 싫고. 또 가장 큰 이유는 저의 자식들 손자 낳는 거도 보고 싶고 ------, 남편과 여행도 다니고. 다른 사람들이 당연하다고 여겨지는 이런 갈망을 갖는 것도 욕심일까요. 만나고 싶은 친구들 만나 맘껏 수다 떨고 싶은 것은 너무 세상적인가요? 너무 세상적이라고 생각을 바꿔 더 그럴 듯한 이유를 대라고 하실건가요?

주님,

주님께서 그럴 듯한 이유를 저에게 주시옵소서. 아니, 이 모든 것들이 하나님에 비하면 작게 여겨지게 도우소서. 죽음 문제를 해결하라고 합니다.

영생을 소망하며 감사하라고 합니다. 그럼에도 영생의 감사함보다 지금 더 식구들 곁에 남아 있고 싶습니다. 영생의 기쁨이, 주님이 주신 은혜에 감사하며, 병 따위는 아무것도 아닌 것으로 여겨질 수 있도록 주님, 도와주소서.

하나님을 안 기쁨이, 감사함이 더 커 모든 것들이 작게 보여지게 도와 주소서.

저는 할 수 없습니다. 겉으로 즐거운 척, 쿨한 척이 아닌 제 마음 깊은 곳에서 나오는 참 기쁨으로 충만케 하여 주소서.

주님, 아직은 남편과 자식과 그리고 제 어머니가 제 치유의 이유입니다.

그러나 주님, 주님께서 원하시는 그 길을 알려주신다면 그곳으로 가는 믿음 가질 수 있도록 주님께서 인도하소서. 인도하심으로 어쩔 수 없어서가 아니라 기쁨으로 따라갈 수 있는 믿음 허락하여 주소서. 저의 치유가 겉멋을 위함이 아닌 진짜 속사람의 멋을 내는 것에 두게 하여 주옵소서. 저는 아직도 겉멋 속에 빠져 있습니다. 나를 나타내지 못해 안달하며 살았습니다. 주님, 주님, 주님.

3월 7알(금)

〈함께 하시고〉 싶어 하심을 나는 성소 안에 있으면서 각종 가증한 것과 버려진 것들을 위해 기도하고 있는지 점검하게 하여 주소서.

나의 하나님,

하나님을 부른다 하면서 엉뚱한 것을 붙잡고 있지는 않은가요? 주님, 곤충만큼이나 큼직한 것들을 위해 각종 우상을 붙들고 있는지 깨닫게 하여 주소서. 이 아침 주님이 주시는 평화 속에 잠겨 있겠습니다.

3월 12일(수)

내 심장이 뛰고 숨 쉬며 오늘을 맛보게 해 주셔서 감사합니다. 오늘 하루를 기대하며 정한 마음으로 이 마음 이대로 살 수 있도록 도우소서.

아버지 아버지, 진실해지겠습니다. 아버지 앞에서 무조건 편안해지겠습니다.

저는 부모님한테까지도 철저히 조건적이었습니다. 좀더 좋은 딸로 여겨지기 위해, 칭찬듣기 위해, 사랑하기 위해 자식에게도 온갖 조건들을 내세워 자랑하기 위해 겉치레를 하였습니다. 그럼에도 나를 사랑하시고 계셨던 주님, 그럼에도 불구하고 나를 사랑하셨던 주님, 주님은 한심한 나를 떠나신지 알았습니다.

하나님 사랑을 잃을까봐 거짓 기도하고, 거짓 감동받고, 무언인가를 해보려고 너무 힘들었습니다. 마음속의 분노와 미움이 있을 때마다 아버지가 떠나가실까봐 두려웠습니다. 봉사를 해야, 의미를 찾아야 병이 낫는다 하여 혹은 죄책감에 잠 못 이루던 수많은 밤들, 아버지는 안타까이 지켜보고 계셨습니다. 내일은 그러지 말아야지 하며 후회의 밤을 보내기가 너무 힘들었습니다. 수많은 날들을 후회하며 또 다음날 똑같은 모습의 나를 발견하며 얼마나 절망했는지 모릅니다. 사랑을 잃을까봐 ------.

3월 13일(목)

오늘 아침도 정한 마음으로 시작할 수 있음 감사드립니다. 진정으로 진심으로 주님의 품성 닮아가기 원합니다. 닮아가게 도와 주소서. 손을 뻗어 주님을, 아니 뻗을 힘이 없어도 주님께서 잡아주실 것을 믿으며, 오늘도 예수님의 품성을 향해 한 발자국씩 가겠습니다.

3월 14일(금)

주님,

비판의 이유가 꼭 바꿔보겠다는 것이 아니라, 나를 내세우기 위해 나의 잘남을 위해서였습니다. 주님!!!! 거짓된 나의 삶을 진실로 품성을 닮아가

는 오늘 되게 도와 주소서.

재 투성이인 이 모습 그대로 하나님께 돌아가겠습니다. 사단의 놀림에 흔들렸습니다. "하나님이 주셨음으로 오해했습니다"

마음이 분주하고 집중이 안 됩니다. 애들 찬양준비로 신경이 쓰입니다. 주님, 제가 하지 않고, 주님께서 협력하여 선을 이루게 도와 주소서.

성경공부에 집중하고, 주님께서 이뤄주시는 과정을 통해 주님께 영광돌릴 수 있도록 도와주세요. 주님, 피곤치 않게 도와 주소서. 오늘 저녁식사도 주님의 사랑 안에서 사랑이 넘치는 저녁 되도록 주님, 도와 주소서. 오늘 하루를 온전히 주님께 맡기며 주님께 영광 돌리며 주님에게 지혜를 구하는 날 되게 도와 주소서. 언제나 저의 선택에 최선을 다하여 감사함으로 살아가게 하여 주소서. 갈등 속과 후회 속에 남지 않게 하시고 지금 이 순간을 가장 행복하고 최선이었음을 믿고, 최고의 긍정으로 사는 날 되게 도우소서.

3월 어느 날

생명이신 나의 아버지,

오늘도 빛의 파장으로 찾아오셔서 저희와 함께 하시는 주님, 그 빛을 가로막는 억지를 부리지 않는 하루 되게 하소서. 주님이 주시는 파장의 진동으로 내안의 이기심, 더러운 것들 녹여 나가게 하여 주소서. 주님이 주시는 파장으로 제 가슴이 뛥니다.

복수가 차 무거운 몸 하고 있는 ♡♡, ♡♡ ------ 빛으로 녹여 소통되는 날 되게 주여, 도와 주소서. 주님의 빛이 ♡♡, ♡♡에게 들어가게 하시고, 새로운 ♡♡와도 함께 하시고, 모든 암환자들 주님이 주시는 빛의 파동으로 치유받을 수 있도록 주여, 도와 주소서.

더 높은 거, 더 좋은 것, 더 아름다운 것을 추구한다면 밑의 아래의 것은 아무것도 아니겠죠? 최고의 하나님을 앎으로 다른 것들은 다 아무것도 아님을 깨닫는 하루 되게 도우소서.

3월 18일(화)

오늘도 세미한 주님의 음성이 주는 아름다운 파장을 온 몸으로 받아들이게 하소서. 통증으로 고생하는 이들 주님, 붙들어 주시고 지혜 주소서. 전 아직 어떤 길이 그들을 위한 길인지 분간하기 힘들 때가 있습니다. 가장 좋은 아름다운 결과를 얻을 수 있는 선택을 할 수 있도록 주님의 세미한 소리로 그들을 찾아 그들이 듣게 하여 주시옵소서.

주님, 결심하기로 했습니다. 진리의 말씀을 받아들이기 위해 생각을 바꾸기로 하였습니다. 주여, 저의 생각 붙들어 주소서.

오늘도 기대되는 아름다운 날입니다. 어제 그렇게 기다리던 내일, 오늘입니다. 내일을 기대하며 오늘을 정하게 살아갈 수 있도록 도우소서.

결혼하는 아들에게

28년전 너를 처음 만난 날부터
지금까지 너는 우리들의 기쁨이었지

처음 몸을 뒤집었던 날
갑자기 앉아있던 날
누워 있다 어느 날 벽을 짚고 일어나던 날
넘어질 듯 엄마에게 달려오던 날

엄마는 가슴이 벅차

세상을 다 가진 듯 의기양양했단다

지금 생각하니
고2, 사춘기, 그 날은 엄마에게 환희였고
이 세상의 말로는 표현할 수 없는 환희였단다

네 덕에
고3 엄마도 되어보고
수능 날 온통 가슴도 조려 보고

그런 네가 장성해
군대에 가던 날
논산 육군훈련소에 널 데려다 주고
얼마나 울었던지
엄마도 너와 함께 조금씩 어른이 되어갔지

너로 인하여
부모로서 모든 기쁨을
지난 28년간 누렸구나

네가 있어서 너무 고마웠다

이제부터는
엄마에게 주었던 기쁨과 감사함을
부부가 된 너의 짝과 실컷 나누며
서로에게 환희가 되고 기쁨이 되는 날들 만들어가기 바란다
그리고 너희들도 부모가 되어
그 기쁨을 누리고 또 짝에게 주면서

너에게 받은 28년의 기쁨은 너무나 충분하구나
엄마는 더는 욕심내지 않을 것이다

3월 어느 날

언제나 함께 하시고
이 자리에 함께 하고 계시는 주님

온전히 사랑이신 주님
이 자리에 함께 하시는 주님
지금 저희들 보고 계시죠

〈서로를 사랑하며〉
각자 난 곳은 다르고
사는 곳도 다르고 만난 지도 얼마 안된 저희들이지만

주님의 안에서 어느 사람들보다 더 빨리
그리고 형제자매가 되어 사랑을 나누며
사랑이시며
은혜가 넘치시는 주님
온전히 사랑이신 주님

3월 19일(수)

주님,

세상을 사랑하는, 영원한 생명을 사모하는 마음 허락하셔서 이 세상의 티끌을, 허상을 사랑하지 않게 하여 주소서.

영원한 생명 주심을 진정으로 감사하는 인생 되고 싶습니다. 주여, 허사를 바라보지 않게 세상을 바라보지 않는 마음 허락하시고 결심하게 도우소서.

쓸데없는 말의 유희나 즐기는 그런 삶에서 되돌리게 하소서. 참된 진리와 영생을 주신 기쁨에 춤추는 날 되게 하여 주소서.

주님, 언제나 주님께 기도하여 함께 하신다는 것을 알고 체험하게 하여 주소서. 확신을 가지고 기도하게 도와 주소서.

3월 20일(목)

주님, 사랑하는 이들을 일찍 거두기까지 하시며, 사랑하는 아버지, 그 아

버지의 깊음을 다 알지 못합니다. 그러나 조금이나마 알고 주님을 더욱 사랑하게 하소서. 이해하게 하여 주소서. 주님께 억지로 잘 보이려고도 말고, 그러나 아름답고 선한 마음으로 기쁨으로 사람을 대하게 하시고, 진실하게 대하는 마음 허락하여 주소서.

너무 아파 울고 있는 ♡♡, 복수로 괴로워하고 있는 ♡♡와 ♡♡언니,

주님, 그 마음 두렵고 불편한 맘으로부터 자유롭게 하시고, 간절히 원하옵건대, 육체가 나아지는 기쁨 누리게 주님께 감사함으로 기뻐하는 오늘 되게 하여 주소서.

주님, 아버지 저는 미련하여 구속의 경륜을 다 이해하지 못합니다. ♡♡이 이 세상에서의 기한이 얼마 남지 않았다고 합니다. 주님 ♡♡를 통해 주님의 능력 보여주소서. 다시 살려 주십시오. 어떠한 상황에서도 포기하지 않으며, 생명줄을 붙들게 하시고, 생명을 붙들고 있는 주님을 알게 하여 주소서.

주님, 오늘도 힘차게 하루 살겠습니다. 함께 하여 주심에 감사드리는 하루 되겠습니다. 주님 믿고 기쁨으로 살겠습니다.

3월 21일(금)

주님,

주님과 멀어짐을 애통하게 하여 주소서. 주님을 찾지 않고 사람들 속에서 방황함을 애통하게 하소서. 저를 잠잠케 하소서. 저희를 깊고 넓게 하소서.

3월 어느 날

주님,

오늘은 감사함으로 시작하려고 합니다. 제가 아프지 않았으면 몰랐을 고통과 절망감, 그리고 가족에 대한 사랑, 가치 있는 일을 알게 해 주시니 감사합니다. 따뜻한 말 한 마디가 고맙고, 격려 한 마디에 힘이 납니다.

부디 이 마음 변치 않고, 가장 겸손한 마음으로 세상을 바라보며 세상을 살아가게 해 주십시오. 무엇보다 주님의 자녀임에 감사합니다. 주님, 저를 자녀삼아 주셔서 진정 감사합니다.

오늘도 성령의 단비로 저를 적셔주시고, 제 마음의 감동을 주셔서 아침 해를 바라보며, 오늘을 계획하게 하신 은혜, 감사드립니다. 성령의 단비를 내려 새생명 주옵소서.

4월 12일(토)

제주도 조천면 선흘리 시골마을의 "작은식탁" 채식카페
토끼풀, 무우꽃, 유채꽃 잎… 이 올려져 나오는 음식을 반주삼아
좋은 친구와 행복한 저녁식사~*
이쁜 자연의 음식을 앞에 두니 우리 또한 한없이 순수해지고~☆
이렇게 제주의 봄 밤이 찾아오고~☆☆

김♡♡ 아, 제주에 가셨네요^^ 제가 있었으면 만났을 텐데 잘 쉬다 오세요^^

이경은 지난 월욜 갔다가 금욜 돌아왔습니다. 역시 제주는 봄이 최고인 것 같습니다. 제주에 정이 폭 들어 상사병 날 정돕니다

참♡♡ 우~~와 넘~ 넘 ~맛있겠당. 행복한 시간되셔요~^^♡
제주도의 여름바다 또한 끝내주죠~!! 저두 너무 가보구 싶당 ~^^♡

이경은 네 일주일에 저녁 손님은 딱 한 팀만 받는데 저희가 당첨됐네요 ~*

윤♡♡ 꽃 속에서 저리 이쁜 꽃을 먹었으니 그대 자체가 꽃이 되었구려…^^ 얼굴도 맘도 자연도~ 좋구나 좋아 ^^

이경은 제주에서 샘을 못 만나고 온 것이 아쉬워 또 가야할 듯~~
여기저기 돌담에 피어있는 유채꽃과 무우꽃이 아직도 눈앞에 아른거리네요

이♡♡ 아름다움이 함께한 여행이었네요.
늘 그리움이 남는 곳이죠.
행복하셨기에 소식을 듣는 이도 행복합니다.

이경은 창고를 개조한 식당은 탁자는 달랑 두 개~ 욕심내지 않고 한 끼에 딱 6명 정도만 손님을 받는 주인장이 쌀 살 정도만 돈을 벌면 된다고 ~☆
작은 맘을 배웠네요

이♡♡ 아름다운 마음만큼 아름다운 요리 같네요.

박♡♡ 아니 신혼여행을 아들 대신 다녀오셨남?

김♡♡ 한 끼 식사에서 신앙을 나타내는군요. 욕심없는 마음과 자연의 조화가 맘을 기쁘게 하네요. 잘 관람했습니다.

4월 어느 날

권♡♡
남편 잃고
친정 어머니 잃고
본인마저 병들어 버린

조금만 더 독했으면, 이기적이었으면
아프지 않았을텐데
조금만 더 나이가 들었었으면
좋았을텐데
조금만 더 독한 모습이면
맘이 편할텐데

지♡아
차분하고 조용하지만 너에겐
자신감과 희망, 강함이 있어

그리고 독하지 못해, 너무 젊어
살아야 할 이유가 더 많아

안♡
세상에 하나밖에 없는 특별한 교복을 입고
커다란 찬미가책을 버거워 하며 특송을 부릅니다.
중1인 그녀의 키는 90cm
특별한 그녀에겐 그녀만의 찬미가책이 필요한 듯합니다.
특별한 그녀는 얼굴의 반이 눈입니다.
큰 눈동자가 금방이라도 굴러 나올 것 같아 노래 부르는 내내 긴장되어
그녀에게서 눈을 뗄 수가 없습니다.

5월 19일(월)

〈주님〉

지금 제 맘속에 질투의 맘으로 가득합니다. 주여, 이 맘 제하여 주시고, 오로지 주님을 바라보며 씨름하는 시간 되도록 주님, 도우소서. 주님, 요즈음 제 맘이 왜 이리 강퍅한지요? 주여, 곁에 계시는지요.

전신에 암이 퍼진 35세 ♡♡의 침례식을 보며 싸구려 눈물을 흘린다.

생과 사가 공존하는 침례식, 생과 사의 문턱에 서 있는 ♡♡, 그 아픈 모습 속에 아무 의미 없는 나의 눈물이 너무 천박스럽고 가증스러워 의심이 쌓입니다. 울며 기도하는 이들을 부러워하고 있습니다. 주님, 저에게 절박함이 없습니까. 절박한 맘으로 주님께 매달리는 믿음 허락하여 주옵소서.

주님, 주님, 주님, 주님, 말씀하옵소서. 주님, 번잡함, 유치함, 가벼움으로부터 벗어나 환도뼈가 부러질 정도의 진지함으로 주님과 만나게 도와 주소서.

일시적 감정이 아니라 마음속 깊은 흔들리지 않는 신념, 나의 편견으로부터 벗어나게 하여 주옵소서. 뜨뜨미지근한 이 마음에 다시 성령의 불 붙여 주옵소서. 오늘도 구름을 바람을 통해 역사하시는 하나님을 보는 날 되게 하여 주소서.

5월 20일(화)

주님,

뭔가 마땅치 않다하여 실망하지 말고 하나님을 바라보는 날 되게 하소서.

주님,

예배하는 제 모습 제 머릿속 아시죠? 쓸데없는 잡생각과 비판적인 이기적 생각 똥덩어리로 가득 차 있습니다.

주여, 진정으로 바뀌고 싶습니다. 주여, 바뀌고 싶습니다. 아, 하나님 외에는 문제가 되지 않고, 억지로 감동받는 척하지 않게 도와 주소서.

세상적인 것들을 가볍게 여겨 넘기게 도와 주소서. 다름을 인정하며, 주목받고자 하는 맘 제하여 주옵소서. 하나님에 대한 신뢰가 약해지고 있습니다. 공급하여 주옵소서. 오늘 오는 비처럼 성령님 제 맘에 찾아 주옵소서. 주님, 문제를 바라보지 않게 도와 주소서.

주님,

맘의 갈등이 있습니다. 왜 가까운 이의 장점보다도 단점이 저에게 다가오는지. 주여, 아름다운 것들을 더 많이 발견하는 눈과 마음 허락하여 주시옵소서. 가장 가까이 있는 사람의 몸짓 등이 저에게 ~. 주님, 이 마음 제하여 주시옵소서. 사람이 아닌 주님을 의지하며 바라보는 날 되게 하여 주소서.

5월 23일(금)

주님, 감사합니다. 당신은 사랑덩어리입니다. 제 몸도 온전히 주님의 사랑덩어리입니다. 그 사랑의 핵분열이 지금 제 몸에서 일어나고 있음에 감사드립니다. 그 감사로 오늘을 살게 하소서. 지금 사랑을 방해하는 나의 생각으로부터 자유로워지게 도와 주소서. 오로지 사랑의 에너지만 남게 도와 주시옵소서. 모든 이들을 사랑으로 볼 수 있도록 주여, 도와 주소서.

5월 26일(월)

주님,

저의 상황이 그리 좋지는 않습니다. 그럼에도 불구하고 오늘 주어진 하루는 감사와 최고의 긍정으로 살아가게 하여 주소서. 두려운 맘, 두 가지 맘으로 나뉘어진 저의 마음을 오로지 하나님 안에 하나가 되게 하여 주소서.

주님 앞에 솔직하지 못하고 얼버무리고 있습니다. 주님, 사랑의 빛으로 드러나게 하시고 덮어 주소서. 뜨뜨미지근, 의심 --- 사랑의 눈으로 밝히 봐 주시고, 당신의 옷으로 덮어 주시고, 주님의 가락지를 끼워 저를 확증하여 주시옵소서.

너무 멀리 떠났습니다. 돌아가겠습니다. 주님, 기다리는 아버지에게 지금 돌아가겠습니다.

5월 27일(화)

여행안내 책에도 나와 있지 않고, 인터넷 검색에도 찾을 수 없는 그 누구도 가보지 않은 초행길을 기대와 설렘, 두려움과 호기심이 나를 떨리게 한다.

신발끈을 질끈 다시 묶고, 배낭을 탁탁 눌러 어깨에 메고, 아무도 가보지 않은 초행길 떠납니다.

5월 28일(수)

주님,

표피적으로 겉의 모양을 그럴 듯하게 보이기 위해 성경을 알았습니다.

작은 지식을 가지고 많이 아는 것처럼 떠벌렸습니다. 저는 무식장이입니다. 곤고한 자입니다.

주여, 주님,

저의 친절이 상대방을 진정으로 생각하고 걱정해서가 아니라 나를 나타내기 위함이었습니다. 너무나 철저히 이기적인 저의 모습, 주님은 알고 계시죠.

주여, 주님 안에서 주님 보면서 바뀌기 원합니다. 제 맘엔 선한 것이 없습니다. 지금 이 순간에도 예수님만을 바라봄이 되지 않습니다. 주님, 바꾸어 주소서.

남에게 잘 보이고 싶은 거, 그럴듯하게 보이는 거 모두 내려놓기. 아는 척, 있는 척, 척하지 말 것. 그러나 즐겁고, 다른 사람을 이해하기. 맘속에 오래전부터 있던 편견에서 나오기.

편견!! 생각의 편견, 사람에 대한 편견 → 부족한 모습 보듬기.

제가 가지고 있는 편견에서 나오게 도우소서.

5월 29일(목)

남편과 신앙적 공감을 거부하였습니다. 있는 그대로 받아들이고, 깊이 사랑하게 하여 주시옵소서. 주님, 벌거벗고 가난하고 눈먼 죄인입니다.

주여, 입혀 주시고 먹여 주시고 보게 하여 주시옵소서.

주님,

저에게 사람들로부터 칭송받고, 인정받기 위한, 그래서 주님을 제대로 보지 못하게 하는, 마음의 장벽 사라지게 도와 주소서. 모든 일에 신령과 진정을 다하는 자되게, 진실되게 도와 주시옵소서. 손톱만큼이라도 이기적인 맘대신 내 이웃을 사랑하는 맘 허락하여 주시옵소서.

5월 30일(금)

무엇이 두려우나, 죽음? 내가 두려워하고, 약해질까 두렵습니다.

주님,

언제 어느 상황에서도 주님이 함께하심을 믿게 하소서. 아니 몸으로 맘으로 느끼게 하소서. 나의 에너지의 원천이 주님이심을 알게 하소서. 저는 믿지 못합니다. 주님께서 보여 주시고, 느끼게 하여 주시고, 만져 주시옵소서.

말로는 아니라고 하지만, 제 맘 깊은 곳에는 두려움이 있습니다. 집착이 있습니다. 이 조그마한, 자식과 남편과 세상에 대한 집착도 내려놔야 하나요? 내려놓음이 아니라 포기할 수밖에 없는 상황이 올까 두렵습니다.

위로받을 만한 것이 없어 마지못해 하나님을 붙들까봐 두렵습니다.

6월 3일(화)

주님과 동행하니 난 완전합니다. 전 비록 약하고 혼란스러울 때도 주님이 함께 하심으로 완전함을 믿습니다. 비록 몸의 질병이 있다 해도 주님이 함께함으로.

주님, 주님, 말씀 주시옵소서. 사랑하는 딸, 오늘도 보호하여 주실 것 감사.

즐거움이 솟는 날 조용히 하나님과 동행하며, 그 동행으로 기쁨 넘치는 날 되게 주여, 함께 하시니 감사. 오늘 하루를 살겠습니다. 움직이고 배가 고프고 변의를 느끼고 예배할 수 있으니 감사드립니다.

6월 4일(수)

주님,

다윗의 죄를 사하심같이 내 맘의 어두움을 제하여 주시옵소서. 질투와 참지 못함으로 평온을 잃을 때가 있습니다. 어떤 상황에서도 긍정과 웃음을 잃지 않게 하시고, 포용하는 맘 허락하여 주소서. 스트레스가 있는 곳에서 나오라. 갈등이 있을 때 어찌하오리까.

주님,

보듬고 갈 수 있는 넓은 마음 주님, 주세요. 갈등 속에서 빨리 헤어 나올 수 있도록 단순하고 재지 않고, 주님의 밝은 빛으로 비춰 주소서.

주님, 이렇게 하는 게 옳은 건가요? 저의 기분, 저의 생각은 버리고 주님의 인도하심을 따르고 싶습니다.

6월 5일(목)

주님, 도피하고, 분내지 않고, 주님이 공급해 주시는 사랑으로 극복하게 도와주세요. 어두움에 빛을 비추사 사라지게 도우시고, 저의 시선이 위로 향하지 않고, 아래로 향하게 도와주시고, 담대하게 도와주세요.

아무것도 함께함으로 행복을 만끽할 수 있도록 도와주세요. 사랑을 나눌 때 내가 연약할 때 더 사랑이 넘치게 도와 주소서. 나의 논리에 빠지지 않고 하나님의 품성에 빠지게 도와 주소서.

주여,
남의 눈에, 체면에서 벗어나게 남의 시선에서 자유롭게 도와 주소서. 나의 생각 속에 빠지지 않고 주님의 품성 속에 넣어주소서. 하늘을 사모하는 자 되게 도우소서.

주님,
다른 사람에게 진정한 칭찬과 박수, 사랑을 보낼 수 있는 당당함 허락하여 주소서. 저는 오늘부터 병으로부터 자유로운 사람입니다. 주님은 그리 되게 하실 수 있습니다. 저는 오늘부터 남의 시선으로부터 자유로운 사람입니다.
저는 다른 사람을 인정하며 장점을 사랑할 수 있는 넓은 사람입니다. 실수도 사랑으로 이겨낼 수 있는 사람입니다.

6월 6일(금)

다윗이 낙망하여 하나님의 침묵 속에서 고통당할 때에도 주님의 위로와 주님을 바라보며 살았습니다.

주님, 내 맘에 불안이 있습니다. 두려움에서 주님을 바라봄으로 다시 일어서게 하소서. 의인은 일곱 번 넘어져도 다시 일어난다 하였습니다.

다시 일어서게 하여 주시옵소서. 주님, 내 이웃을 진정 즐거운 행복한 맘으로 돕게 하소서. 피곤치 않게 하시고, 진정으로 사랑을 나누게 하시되,

진정한 사랑과 깊은 사랑의 맘 부어주소서.

어쩔 땐 제 맘이 너무 강퍅하여 무섭습니다. 어쩔 땐 매일 말라가는 친구를 보면, 가슴이 너무 아파 하나님을 원망하고 의심할 때도 있습니다. 그저 그 사람은 안타깝다 여기며, 내가 그러지 않음에 감사하는 너무 이기적인 저의 모습, 다른 사람들의 냉정한 모습에 주님을 의심하기도 합니다. 주여, 제가 주님의 손을 뿌리칠까 두렵습니다. 지금 제 맘에 주님에 대한 신뢰가 부족함이 두렵습니다. 저의 가증한 동정심, 주님, 도우소서. ♡♡를 도우시고 ♡♡를 도와 주소서.

6월 14일(토)

평화로운 안식일입니다. 이 평화로움이 모든 이에게 함께 하기를 기도합니다. 정갈한 마음으로 예배당에 앉아 마음속의 아무 걱정 없이

흘러나오는 찬양소리에 몸이 저절로 춤추는 이 순간이 행복합니다.
예배당으로 들어오는 이들의 발걸음이 아름답습니다.

6월 15일(일)

"자연의 간"

모든 영양소를 섭취해야 한다는 강박관념에서 벗어나서 단순하게 먹기. 골고루 먹자.

너무 짜지 않으려
너무 싱겁지 않으려 애썼습니다
너무 달지 않으려
너무 시지 않으려
너무 쓰지 않으려
아니 그러지 않은 척하느라 힘들었습니다

주님 이제는 간을 맞추려 하지 않겠습니다
주님이 처음 주신 그대로 살겠습니다

"마음의 금식", 욕심버리기

어울려 수다떨고 싶은 마음
누구를 정죄하고 흉보고 싶어하는 마음
주목받고 싶어하는 마음
칭찬받고 싶어하는 마음
쓸데없이 칭찬하고 맘에 없는 말 안하기
남의 일에 간섭하고 싶어하는 마음

"나누기", 좋은 말씀, 예수님 사랑

6월 16일(월)

꼭 필요할 때 주님이 도와주심
예수님을 만나게 해 줌이 내 이웃을 사랑하는 최고의 방법
나의 쉴 곳은 예수님(하나님)의 품
범죄하였을 때, 실수하였을 때
'괜찮아', '괜찮아' 말씀하시는 주님

"은혜의 문"

내가 닫으면 하늘에서 아무리 두드려도 내가 열어주지 않고 있는지?
아무리 구석지에 있어도 찾아오시는 주님
주님, 제 마음을 하늘과 연결되도록 제대로 보고 마음문을 열게 하여 주소서.
"예수님의 십자가의 사랑을 크게 들어오게 하여 주소서"
행하려 하지 말고 말씀이 나를 '재창조'

6월 18일(수)

주님, 하늘과 땅의 연결자 '예수님'
나는 진정 예수님과 함께하며, 온전히 그 분께 모든 것을 맡겼는가?
주님, 저는 주님께 모든 걸 맡기고, 쉼을 얻기를 간절히 원합니다.

내가 지금 평화가 없다면, 내가 온전히 맡기지 못했거나 주님이 일하시지 않거나, 주님이 그러실 분이 아니니까 제가 온전히 문을 열지 못하고 있습니다. 성경말씀 100% 신뢰하게 도와주세요.

빛이신 예수님, 말씀으로 모든 것을 있게 하신 주님, 말씀 신뢰하게 도우소서. 막연하게가 아니라.

가방에 3색 볼펜 1자루, 핸드폰, 책 1권, 노트 1권, 깔판 1개 넣고
밀짚모자를 쓰고 편백 숲으로 나와
가방속의 물건을 꺼내니 모두다 쓰임새가 있다

깔판은 물론 깔고 앉고
나무에 기대 가방은 접어 등받이로 쓰고
밀짚모자를 무릎에 놓으니 책받침하기에 안성맞춤이다
글구 스마트폰의 음악을 틀고 읽다가 쓰다가
지구 전체를 대표하는 살아있음의 맛
햐~ 기특하다

언제 한번 제대로 어른이 되어보겠니?

'침묵'

만년설의 침묵, 시간의 침묵, 나무의 침묵, 햇살의 침묵

'위대한 침묵'(Into great silence)

내가 없애야 할 것(의심, 근심, 욕심)

의심 : 마음의 고름 → 호기심

근심 : 마음의 주름 → 관심

욕심 : 마음의 기름 → 동심

주님이 기뻐하시는 일은 무엇일까?

하나님과 하나가 되는 것

1. 상속자

2. 예수님을 통해 나를 봄

예수님은 나의 과거 현재 미래의 모습

3. 경험의 노래

나에게 얼마나 예수님과의 사랑의 경험이 얼마큼 있나?

"예수님과 동행한 경험의 노래가 있는가?"

6월 20일(금)

주님,
저에게 자존심과 자아를 버리게 하시고, 정죄치 않게 하여 주소서.
제 맘에 그리스도의 사랑이 넘치게 하여 주소서.
스트레스가 아니라 사랑함으로 기쁨이 넘치게 하여 주소서.

6월 21일(토)

주님,

제 안에 예수님이 있나요? 아직도 저는 여전히 사람을 미워하고 이기적인 모습입니다. 글구 아직도 하나님보다 사람을 더 두려워 하고, 사람들 눈에 비쳐질 모습에 신경을 더 쓸 때가 많습니다. 아직도 저는 저를 내려놓지 못하고 있는 거겠죠? 그것도 제 맘대로 안 되니 주여, 되게 하여 주세요.

이기심, 자존심을 버리면 5분만에 모든 문제가 해결된다 하였습니다.

6월 22일(일)

비 오는 날의 산책

어리디 어린 나무들이
유난히
눈에 잘 들어오고
사랑스러운 건
비 때문일까?

그 분이
솔밭에 숨겨 논
사랑의 고백으로
내 가슴은 뛰고

김재호 예쁜 모습에서 큰 사랑을 느낍니다
이경은 땡큐~♡

이♡♡ 함께 행복해집니다!
이경은 요즘 맛있는 요리 뜸하십니다~* 이곳 하동은 덥지도 춥지도 않은 딱 좋은 때입니다. 한 번 들리세요.

윤♡♡ 참 좋겠어 ~ 저 어리디 어린 나무와 키 낮은 꽃들은~^^
사랑스런 눈길로 쓰담쓰담해 주는 고요한 맘 가진 쌤이 바라봐줘서~~♥
이경은 매일 똑같은 길을 걷는데 매일 다른 것들이 보이고 신기하지?

최♡♡ 참 좋습니다. 요렇게 찍어 놓으니 보기가 조으내유.
이경은 ㅋ~ㅎ 목사님은 역시 센스 짱이십니다
최♡♡ I like u.
이경은 me two

김♡♡ 싱그럽네요^^

이경은 싱자가 안보이고 "그럽네요"로 보이네요.
뵙고 싶네요

김♡♡ 저도요^^

문♡♡ 사랑 고백 받아서 좋았겠네요 ㅎ

이경은 반갑습니다. 봉화에 계시나요?

문♡♡ 예. 누님 선생님 놀러오소서.

이경은 여름에 마라 가면 함 봅세

박♡♡ 난 숨겨논 게 없는데.

이경은 니 안 숨갔나?

6월 24일(수)

주님,

너무 사소한 것들로 시간 낭비했네요. 아무것도 아닌 것으로 화내고 괴로워하고 번민하고.

주님,

주님과 함께하는 시간 가질 수 있도록, 또 아무것도 아닌 것으로 낭비하지 않도록, 주여, 주장하여 주시옵소서.

주님, 제가 진정으로 주님을 알고자 노력했는지? 갈망했는지? 주님, 진심으로 흔들리지 않는 믿음 가질 수 있도록 주님께 나를 드립니다. 내 안에 예수님이 사심으로 나는 없어지게 하소서.

6월 26일(목)

주님,

저도 예수님의 십자가에서 주님을 만나고 싶습니다.

사랑의 관계를 맺고 싶습니다.

성경을 깊이 알고 싶어지게 하소서.

7월 18일(금)

아파트 창에 귀를 대고 있으면
피아노 소리
개 짖는 소리
TV소리
자동차 소리
애들 떠드는 소리
사람 사는 소리가 들린다

7, 8월 어느 날

나의 가장 솔직한 모습으로 맘으로 만나 보려고 합니다. 잘 살았다고 생각했던 것이 그게 아니었음을 고백하며, 나의 이기심으로 인해 상처받은 많은 이들에게 용서를 구합니다. 생각날 때마다 있는 그대로의 나로 주님과 만나겠습니다. 주님, 허락하실거죠?

7월 31일(목)

그대의 마음을 하나님께 대한 영광스러운 생각으로 가득 채우라. 그대의 생애를 보이지 않는 끈으로 예수의 생애와 연결시켜라.

김재호 먹고 마시는 것은 물론 무엇을 하든 하나님의 영광을 위해 하라는 말씀을 늘 기억하라.

김♡♡ 늘^^

이♡♡ 아멘! 방가방가~^^

김♡♡ 아멘 ♡♡♡

8월 19일(화)

주님,

오늘 떠들어 대기보다는 주님의 세미한 음성에 귀 기울이는 하루 되게 하소서. 저에게 주어진 오늘 하루, 감사함으로 아름답게 보내게 주님 함께 하소서. 죄악된 마음, 생각, 쓸데없는 갈등, 후회 속에 빠지지 않게 도우소서. 저의 사랑하는 가족들, 주님, 지켜 주시길 간절히 기도합니다.

나는 믿음 없음, 사랑 없음을 알고, 주님의 믿음, 사랑 주실 것을 간구드립니다. 나의 나된 것은 모두 하나님 은혜임을 알게 하시고, 하나님 앞에 겸손케 하고, 영이 맑은 사람 되게 하소서. 아멘.

8월 21일(목)

용서하시고 기다리시는 하나님
신발끈을 다시 동여매고,
주님께 시선을 고정시키고,
나아가게 주여, 도우소서.

주님,
믿음도 없고 사랑도 없는 마음에
주님, 믿음도 사랑도 부어주세요.

'가식없이 미리 용서하시고'
돌아오기만을 기다리는 하나님.

8월 24일(일)

주님, 병 나음보다 최고의 겸손을 주셔서 누구를 만나도 배우고자 하며, 저를 낮은 자로 살게 하소서. 오로지 하나님 바라보며, 하나님만이 나의 참 기쁨이며, 치료자임을 믿게 하여 주소서. 지금 며칠 안 남은 이곳 생활 기쁨으로 누리고 가게 하소서.

살 궁리, 하나님을 이용해 살 궁리를 합니다. 저를 깨어 주십시오. 벗어버리지 못한 사람과의 관계 속에 특히 자기를 나타내고자 하는 누구와의 관계 속 무관하게 하소서.

오늘 나는 내 인생에 아주아주 작은 점에 불과한 사소한 일 때문에 생각이 번잡합니다. 주님, 이 번잡함에서 벗어나 하나님의 자녀로, 내 안에 예수님이 함께 함으로 당당하게 사는 저 되게 하여 주소서.

8월 25일(월)

하나님의 은혜가 오늘도 충분하옵니다. 감사합니다. 보람 있는 일을 해서가 아니라 그냥 살아 있음에 감사합니다. 먹을 것도 입을 것도 족하옵니다. 주여, 원하옵기는 그 족함으로 인한 감사가 넘치는 날 되게 하소서. 무엇을 하든 누구와 있든 혼자 있든 주님이 함께 하심으로 평안함이 함께하여 주시옵소서. 주여.

절대적 나만의 가치, 오직 예수님만이 나의 기쁨이 되도록 주여, 함께하소서.

그리하겠습니다. 세상을 버리겠습니다. 주여, 도와주세요.

평판, 사람들과의 관계를 버리고, 하나님만 생각하면 위로가 되고, 기쁨이 되는, 감사가 되게 하여 주시옵소서.

9월 어느 날

나의 투병에 가장 큰 버팀목인 나의 딸 예지
예지야, 너를 사랑한다.
그 사랑의 힘으로 엄마는 오늘도 힘을 내려고
네가 대학가면 같이 여행하고 쇼핑하고 맛있는 것도 같이 먹으러 다니고
엄마의 꿈이었는데 ---.

우리 어느 정도 많이 해왔지?
엄마가 꼭 다시 일어나 딸과의 오붓한 여행을 해야지.

절대로 기죽지 말기.
힘든 일이 있거나 세상이 내 맘대로 되지 않아도
기죽지 말고 그 자리에서 다시 일어나기 바란다.

9월 어느 날

절벽

앞만 보며 달리다
절벽을 만났습니다
달려온 길을 되돌아 보았습니다

그제서야 미처 보지 못한 다른 길들이 보였습니다
되돌아 새로운 길을 걷고 있습니다

작은 돌멩이, 들판에 핀 꽃
매일 바뀌는 하늘
조그만 바람에 흔들리는 풀들을 바라보며
천천히 걷고 있습니다

걷다 또 절벽을 만난다 해도
이제는 두려워하지 않습니다
미리 아시고 다른 길을 예비하신
그 분을 믿기 때문입니다

손가락에 반지를 끼워주며
볼에 입맞춤을 해주며
잔치를 준비해 놓고
참으며 오래 기다리시는
그분이 계심을 알기 때문입니다

바다

떠나온 식구들을 생각하며
눈물로 바라보던 바다가
점점 좋아져
그리운 얼굴 잊어질까
바다위에 그려 보지만
파도가 와 지우며
그저 저만 바라보라 하네요

9월 어느 날

구름

하늘 저편 구름 속에 주님이 계실까?
파란 하늘에 흰구름 먹구름이 섞여 있다
먹구름이 큰 입을 벌리고 흰구름에게 달려간다
흰구름은 금방 자리를 내어주고 뒤로 숨는다

10월 5일(일) 메모

오늘 오랜만에 식구들과 충무로 복집에서 식사를 했다.
식사전 통증이 있어 걱정되었지만,
식구들과 모여 즐겁게 식사를 하니 맛있게 먹을 수 있었다.
너무 고마운 가족들. 한없이 착하기만 한 가족들.
여러분이 있어 행복합니다.

아들 내외에게
오늘 너무 고마웠다.
아들이 커서 엄마 할아버지 할머니 이모들 밥도 사주고.
이쁜 맘으로 둘이.

10월 13일(월) 메모

간 혈관 조영술을 받기 위해 연세대 세브란스에 입원했다.
하나님께 모든 걸 맡기고 미리 걱정 안하기로 하였다.
주님, 오늘 하루 주님께서 절 위해 사셔 주세요. 저는 죽습니다.

맺음말

저는 55년을 무신론자로 살아왔습니다. 사람들은 원래 지옥에 가게 되어 있는데, 예수님을 믿으면 천당에 갈 수 있다는 말에 치사하게 천당 가기는 싫으니 자기들이나 가라는 심정으로 교회를 몹시 싫어하는 삶을 살아왔습니다. 이 때문에 교회를 다니던 아내와 신앙문제로 다소 갈등을 겪었습니다. 처음에는 모처럼 일주일에 하루 노는 날에 교회에 가는 아내를 못 마땅하게 생각하다가, 좀 지나서는 나는 가기 싫으니 아내 혼자 갔으면 좋겠다는 선으로 후퇴했고, 다음에는 아내의 기분을 맞추려 마지못해 아내를 따라 다니다가, 나중에는 가정의 평화를 위해 적극 따라는 가되 마음은 딴 데가 있어 곧잘 핀잔을 듣는 과정을 거쳤는데, 아내가 암에 걸리고 나서는 아내의 병을 낫기 위해서라면 뭐든지 한다는 심정으로 성경말씀에 관심을 갖게 되었고, 그리고는 성결말씀에 창조주의 사랑이 가득 들어 있다는 사실을 깨달으면서 감사하게 받아들이는 삶을 살아가게 되었습니다. 창조주의 무한한 사랑에 감사하는 마음은 아내가 암 투병을 하는 동안 정신적 고통을 이겨내는 데에 큰 힘이 되었습니다.

그럼에도 불구하고 아내가 갑자기 우리 곁을 떠난 것을 받아들이기는 쉽지 않았습니다. 비록 몸 안에서 암이 커지고 있는 상황이기는 했지만, 줄곧 아내 곁을 지켜 온 제 눈에도 갑자기 숨을 거둔다는 것은 생각하기 어려웠기 때문에 견디기 어려운 충격으로 거의 공황상태에 빠진 것은 당연한 일이었습니다. 이 때 제가 어려움에서 벗어날 수 있었던 것은 성경에 수없이 기록되어 있는 부활에 대한 창조주의 약속을 깨우쳐 준 분이 있었기에 가능했습니다. 성경에는 예수 재림에 관하여 300번이상 기록되어 있으며, 사람이 죽는 것을 잠든다고 표현하고 있는데, 이 때 하나님 안에서 잠든 모든 사람은 부활한다는 약속을 기록하고 있습니다. 하나님 안에서 잠든 사람들이 부활할 때 모두 다시 만날 수 있기 때문에 죽음은 영원한 이별이 아니며 10년이나 20년 동안의 이별은 그리 긴 시간이 아니라는 것입니다.

저는 구약성경은 창조주가 우주만물을 창조한 다음 맨 마지막에 창조주의 형상대로 사람을 창조하였는데 사람이 창조주의 기대를 벗어나 죄를 짓게 되자 아들 예수를 사람의 몸으로 이 땅에 보내어 사람의 죄를 대신하여 십자가에 매달려 못 박혀 죽을 것이고, 사흘 만에 부활하였다가 승천할 것이라는 예언이 핵심이며, 신약성경은 구약성경의 예언대로 부활하여 승천한 예수께서 이 땅에 다시 와서 하나님 안에서 잠든 인간을 부활시키고 살아남은 자들과 함께 천년을 다스린다는 재림의 약속이 핵심이라고 생각합니다. 신약성경은 예수의 재림 때 인간을 한 사람이라도 더 구원하기 위해 재림의 약속을 알리고 설득하기 위한 온갖 노력을 가득 담고 있습니다. 이러한 측면에서 아내가 투병기간중 창조주의 사랑 속에서 살다가 하나님 안에서 잠들었으며, 예수께서 인간을 구원하기 위해 이 땅에 다시 오실 때 다시 만날 수 있다는 믿음을 가질 수 있는 것은 너무나 감사하고 축복받을 일입니다.

아내가 의식을 잃기 바로 전날 밤 저는 아내의 병상 곁에서 여느 때와 마찬가지로 아내를 위하여 그렇지만 다른 날과는 다른 내용으로 저녁 기도를 했습니다. 아내가 병을 낫고 나서 앞으로 우리 부부의 삶은 몸과 마음의 병으로 고생하는 사람들에게 하나님의 사랑과 복음을 전하는 삶을 살고 싶다는 소망을 기도했습니다. 조금 뒤 뚜렷하진 않지만 하나님의 소명으로 응답받았다는 느낌을 받았습니다. 그리고 저는 편히 잠이 들었고, 다음 날 아침 아내는 의식을 잃었습니다. 그 날 하루 온종일 저에게 주신 소명을 다할 수 있도록 도와 주시기를 참으로 간절히 기도했지만, 불행히도 제가 바라는 대로 응답을 받지는 못했습니다. 아니 저를 기다린 응답은 제가 가장 바라지 않는 모습으로 찾아왔습니다. 아내는 모두의 희망을 저버리고 그 다음 날 우리 곁을 떠났습니다.

언제부턴가 하나님은 우리에게 최상의 선택을 해 주신다는 말씀을 마음에 새기며 살아왔습니다. 우리 인간의 기준과 하나님의 기준은 너무나 다르기 때문에 우리로서는 이해하기 어려운 일이 너무 많습니다. 아내가 가족들 곁을 떠나고 나서 며칠 동안 왜 아내를 갑자기 잠재웠는지 알 수 있게 해 달라고 간절히 기도했습니다만 아무런 응답을 받지 못했습니다. 그리고 얼마 전 예배시간에 하나님은 모든 기도에 응답하시지는 않으며, 때로는 침묵으로 격려하고 사랑으로 기다리신다는 설교말씀을 들었습니다. 선지자 다니엘과 엘리야가 죽음을 청하는 기도를 드렸을 때도 침묵으로 격려하고 사랑으로 기다리셨다는 것입니다.

요즘 저는 아침에 눈을 뜨면 기도와 함께 하루를 시작합니다. 지난밤을 편안하게 잘 수 있고 새로운 하루를 주심에 감사하고, 저의 소유와 시간과 몸의 주인이 제가 아니고 주님이며, 저를 위해서가 아니라 주님의 영광을 위해서 사용할 수 있도록 지혜를 주실 것을 구하는 기도를 드립니다. 저의 능력이나 저의 판단에 의해 세상을 살아가던 시절에는 제가 잘난 줄 알고 살았는데, 제가 얼마나 보잘것없는 존재이며 혼자서는 할 수 있는 일이 거의 없다는 사실을 깨닫게 해 주심에 감사합니다. 아내에게도 참 답답한 사람으로 살았다는 사실을 깨달으니 미안한 마음이 앞섭니다. 아내보다 훨씬 늦게 신앙을 가진 사람으로서 또한 아내에게 큰 빚을 진 사람으로서 힘들었다는 아내의 사랑을 느껴보고 싶은 소망을 가지고 있습니다. 그 소망은 하나님의 인도하심으로 언젠가 이루어질 것으로 굳게 믿고 있습니다. 그리고 아내와 함께 몸과 마음의 병으로 고생하는 사람들에게 하나님의 사랑과 복음을 전하는 삶을 살고 싶다는 소망, 아니 소명을 이루고 싶었는데 아내를 왜 갑자기 잠재웠는지 알 수 있게 해 주시리라 믿습니다.

세상살이에는 연습이 없습니다. 다시 살아 볼 수도 없습니다. 성공이든 실패든 기회는 한 번뿐입니다. 한 번의 기회를 보람 있게 열심히 살아야 하는데, 아무도 정답을 모르니 사는 길은 사람 수만큼이나 많습니다. 남들이 어떻게 평가하든 죽는 순간에 후회하지 않는 삶을 살 수 있으면 좋겠지요. 투병으로 힘든 생활을 하고 있는 분들에게 저희 부부의 경험이 참고가 되어 치유에 조금이나마 도움이 되었으면 좋겠습니다.

암 투병 새내기 시인의 못다한 사랑이야기

사랑이 힘들었습니다

초판인쇄 2016년 01월 05일 **초판발행** 2016년 01월 15일

지은이 **이경은**
펴낸이 **이혜숙** 펴낸곳 **신세림출판사**
등록일 **1991년 12월 24일 제2-1298호**

100-015 서울특별시 중구 충무로5가 19-9 부성B/D 702호
전화 **02-2264-1972** 팩스 **02-2264-1973**
E-mail : **shinselim72@hanmail.net**

정가 **15,000원**

ISBN 979-89-5800-159-1, 03810